나의 다른 이름들

나의 다른 이름들

조용미 시집

민음의 시 224

민음사

사방이 바람이다
바람이 뒤에 서 있기도 하고
앞으로 다가오기도 하고
옆으로 비껴가기도 했다
천지간이 바람의 소리다
나는 바람 속에 있다 흔들림이 없다

함께 했던 깊은 초록의 일렁임과
이 번민의 여름을 기억해 두려 한다

2016년 7월
조용미

차례

1부

기이한 풍경들

　사막에서 안개가 일어나 공중에 숲 같기도 하고 나무 같기도 한 것이 나타나 가 보면 없고, 호수의 섬들이 출몰하고 나무의 그림자가 2백 리에 걸쳐 펼쳐진 듯 보였다는 연행길에 사로잡힌다

　드넓은 평원이 호수처럼 보이려면 얼마나 많은 안개가 필요한 것인가 얼마나 많은 나무가, 아니 얼마나 많은 환상이 필요한 것인가

　그곳을 지나간 사람들은 하나같이 환상을 말하였다 환상을 말하지 않은 자는 계주를 지나가지 않은 자이다 연행록의 글과 그림은 환상도 꿈도 아닌 그저 기이한 풍경이라 말할 뿐

　기이한 풍경이 역사를 바꾸었다 기이한 풍경이 오래 나의 정신을 점령했다 기이한 것들이 자라나 손발이 되었다 기이하고 기이한 풍경이 우리를 신비롭게 했다 거기서 우리는 문득 태어났다

당신의 거처

처음의 꽃이, 지고 있다

저 커다란 흰 꽃은 오래도록 피어 천 년 후엔 푸른 꽃이
되고 다시 천 년 후엔 붉은 꽃이 된다 하니

고독에 침몰당하지 않기 위해 백 년을 거듭 기다리는
동안
우리는 차츰 각자의 색을 갖게 되는 것이다

늦은 가을이 계속되는 지난 수십 년 동안 나는 깊이 감
추어 둔 쇄쇄록(瑣瑣錄)에 생의 모든 사소함을 기록하며
기나긴 계절의 매서움을 이겨 내었다

모든 것이 반복되어도 생은 아름답구나,

여러 생이 모여 높고 낮고 넓고 깊은 하나의 흡이 이루
어질 것이므로

새는 천 년을 살다 죽을 때가 되면 악곡을 연주하며 열

락의 춤을 추다 불 속으로 뛰어든다 그 재에서 한 개의 알이 생겨나 다시 생을 받게 된다

　그 새는 다시 무엇이 되지 않는 불사조이니 불사는 아름다움과 멀어지는 불행이므로
　봄은 계속되지 않았다

　마음이 아득하면 머무는 곳도 절로 외지게 되니* 당신의 거처 또한 묘연하여 물소리 깊고 구름이 높았다

　다시, 꽃이 떠 있는 이른 봄이다

* 도연명의 시 「飮酒」의 心遠地自偏에서 인용

나의 다른 이름들

페르난두 페소아는 알베르투 카에이로이자 리카르두 레이스이고, 알바루 데 캄푸스이다
그의 이름은 수십 개, 이들은 이명동인이지만 또한 이명이인이고자 한다

나는 어디까지 나일 수 있을까

나는 어떻게 나임을 증명할 수 있으며 어느 순간 나의 다른 얼굴을 드러내어서는 안 되는가
나는 내가 아닐 수 있는 가능성으로 똘똘 뭉친 이 진실을 어떻게 실현할 수 있을까

한순간 전의 내가 한순간 후의 내가 아님을 부정할 수 있는 방법이 있는가
내가 내가 아님을 완벽하게 실현하는 일은 무척이나 고독한 일

나의 삶을 살다가 또 다른 나의 삶으로 돌아오는 것은 치밀한 환상이 필요한 일

내가 죽기 전에 다른 나의 죽음을 목도해야 하는 일은 정교한 시간 배치가 필요한 일

나는 왜 시종일관 오로지 나 자신이어야만 하나
오늘도 내 속에 적절히 숨어서 내가 아닐 가능성을 엄밀하게 엿본다

진정 나는 그였으며 그는 다른 나였을까
나는 내가 아닐 수 있는 가능성으로 똘똘 뭉친 이 진실을 어떻게 외면할 수 있을까

우리가 아는 모든 빛과 색

우리가 보는 모든 색이 모두 幻은 아닐 것이다
저 물과 구름과 나무의 색이 모두 환이라는 걸 어떻게
믿을 수 있겠는가
그럼 지구의 밖에 있는 것들은, 빛나는 감마선이 철사
줄처럼 길게 이어져 있는 이 우주는
거대한 별의 뿌리가 내뿜는 뜨거운 에너지와 그 빛은 또
뭐란 말인가

여기 내가 편애했던 색과 빛이 있다
인디고 프러시안블루 코발트블루 세룰리언블루 피콕블
루 울트라마린 그리고 적외선 자외선 감마선
붉음의 바깥에 있다는 것 보라의 바깥에 있다는 것
바다의 저 너머에는 우리가 알지 못하는 무슨 빛과 색
이 별처럼 많단 말인가

큰 접시안테나로 우리가 저 너머에 있는 어떤 우주의 파
장을
그 미세한 빛과 색의 기미를 한 올 한 올 잡아낸다면 감
각할 수 있다면 그것 역시 환일까

이 세상의 바깥에는, 푸른 밤의 공기가 숨기고 있는 수
많은 빛들은

우리가 보는 모든 빛과 색은, 어둠을 만날 때마다 새벽
이 올 때마다 변형되는 이 세계는

나뭇잎의 맛

봄이 다 소진되었다 생각하니 죽음과도 같은 피로가 몰려왔다
삼나무 원목 발판에서 은은한 삼나무 향이 난다 발판을 책처럼 들고 나무 향을 읽어 본다
깊고 어두운 초록이 넘실거리는 삼나무의 향

가시주엽나무는 면류관을 쓴 예수처럼 서 있다

낙타의 키만큼만 가시를 자라게 하는 나무, 저 무시무시한 가시에 찔리면서도
가시주엽나무 잎사귀를 먹는 낙타

우툴두툴한 시멘트 벽을 주욱, 주먹 쥔 손으로 그으며 걷고 싶었던 적이 있었다
손이 대신 아파 주면 잠시 견딜 수 있을 것 같았다

가시주엽나무의 잎을 먹기 위해 가시에 얼굴을 갖다 대는 낙타

피와 섞인 나뭇잎의 맛은 어떨까
(피와 섞인 시멘트 벽의 색깔은 어떨까)

귀신은 쫓지만 가시를 키워도
낙타의 불행은 쫓지 못하는 주엽나무
어머니의 수십 년 된 환청과 나의 청각적 예민함을 비교
해 보는 어리석음은 쉽게 용서될 수 있을까

가시주엽나무는 면류관을 쓴 예수처럼 영영 서 있다

침묵지대

카르투지오 수도원 입구에 있는 표지판
— 침묵지대(Zone de Silence)
암벽이 병풍처럼 둘러싸여 있는 봉쇄수도원

여행객들은 왜 침묵을 엿보려 하는가
수도사들의 침묵과 고독을 넘보려 하는가
카르투지온들의 하얀 언어를 훔치고 싶어 하는가

침묵을 위대하다고 말하면 수다가 되어 버린다
침묵을 고요하다 말해 버리면
즉시 언어의 이중구조 안에 갇혀 버린다

침묵지대는 툰드라지대처럼 추운가
낮게 가라앉은 빛들이 들끓는가
침묵은 규정될 수 있는가

침묵 예찬, 침묵의 소리, 위대한 침묵, 침묵의 세계
모두 다 침묵에 대해 말하고 있다
침묵에 대해 그렇게 많은 말들이 필요한가

침묵은 들을 수 있는가 침묵은
느낄 수 있는가 침묵이, 침묵을…… 괴롭히지 말자
침묵을 그냥 침묵이게 놔두자

침묵지대라는 표지판을 걸어 두면 침묵이
샘물처럼 생겨나게 될까 침묵이 오래 머무를 수 있을까
침묵 아닌 것들을 막아 낼 수 있을까

침묵이 숙연해질까
수다스러운 침묵이 꽝꽝 고요해질까
하여간 침묵지대가 필요하다 전적으로 동의한다

압생트

어느 날은 기시감에 어느 날은 미시감에 시달렸다 그것은 전생의 기억이 완전하게 사라지지 않았기 때문, 독백탄은 기시감이 앞섰고 족자섬은 미시감이 먼저였다 내용과 형식이 일치해도 일치하지 않아도 매번 기시감과 미시감 사이에서 시달린다면 어디서 무엇이 얼크러진 것일까

고흐는 단지 찬란한 노란색을 얻기 위해 매일 압생트를 마셨던 것은 아니다 그토록 노란 높은 음에 도달하기 위해서라면 스스로를 조금 속일 필요가 있었던 것, 그는 노란색을 완전히 장악했던 걸까 노란색의 심연에 도달하기 위해서는 압생트가 아니라 고독과 광기와 섬세함과 난폭함이 고루 필요했다

녹색과 노란색 사이를 수백 번 왔다 갔다 하고 나니 두 귀밑머리가 허옇게 변하더라, 귀 있는 것과 귀 없는 것 지나간 것과 오지 않은 것이 하나이더라

시디부사이드

시디부사이드, 내가 언젠가 갔던 곳인지 가고 싶은 곳인지 때로 모호하다 시디부사이드, 지중해를 건넜던가 가 보지 않은 시디부사이드가 눈에 선할 리 없다 모르는 곳을 그리 잘 알 수는 없으니 시디부사이드, 난 그곳에서 너에게 엽서를 썼다 나는 그곳에서 아마도 너를 그리워했다 너는 시디부사이드를 아직 모르고, 너는 내가 왜 거기에 가야 하는지 알지 못하고 그곳의 하얀 집들과 튀니지안 블루의 푸른색 창과 문을 바라보면 구름과 바다가 집과 창에서 떨어져 나온 하나의 또 다른 풍경, 움직이는 집과 창인걸 알 수 있다 시디부사이드, 낯익고 낯설다 시디부사이드, 그곳에서 나였던 누군가는 길을 잃었던 것 같다 그 후로는 아무것도 떠오르지 않는다 지중해를 건넜던가 시디부사이드, 푸른색과 흰색에 홀린 영혼들이 사막을 등지고 떠도는 곳, 이 모든 풍경들을 내내 사랑할 수 있을까 뒤죽박죽인 이 세계의 선과 악을 죽을 때까지 감당해 낼 수 있을까 천년 후에도 지금처럼 너를 사랑할 수 있을까 시디부사이드, 나는 흑백의 시디부사이드를 알고 있으니

죽은 나무
— 밭치리

나무는 아직 죽어 있었다
검은 피뢰침 같은 가지들

저 나무에서 너는 오래전 불탄 칠지도와 능에서 출토된
녹슨 철제 검의 외관을 떠올린 적이 있다

죽은 나무는 그사이 악에 가까워졌다
가지 끝이 날이 섰다 나뭇결은 비틀어졌다

저 나무를 네가 아는 죽은 것들과 함부로 비교해 보는
잘못을 저질러서는 안 된다

몇 해 전 누군가 죽은 나무 굵은 가지에 불을 질렀다
그 밤, 나무는 스스로 불을 껐다

한쪽 표정이 일그러져 검게 눌어붙어 있다 저 나무에게
도 눈먼 경객의 독경이 필요하다

상여집이 없어졌다 성황당이 사라졌다

죽은 나무는, 살아 있다

가수면의 여름

유월이 되니 구름이 많아지고 바람의 방향이 달라진다
음혈 부족으로 인한 허열로 수족 번열에 시달린다

낮이 길어지고 밤의 깊이와 너비가 줄어든다
계절은 왜 늘 비와 바람을 앞세우고 나타나는가

심과 신이 균형을 이루지 못하여 몸 안이 소란하다
천기 순환이 몸을 어지럽히니 잠이 모자란다

가수면의 여름, 느릅나무 어린잎으로 국을 끓여 먹을까
솔잎과 박하잎 넣은 베개를 만들어 볼까

알지 못하는 물속의 어둠을 다 마시고 아이들이
봄부터 여름까지
빛으로 끌려 나올 때마다

고개를 숙였다 언제나 뛰어내릴 수 있는
나비 같은 가벼움이 우리에겐 부족하다

아름답고 허황된 약속들은 그러나 오로라의 빛처럼 분명하다

계절은 비와 바람을 앞세우고 나를 들쑤신다

봄의 묵서

당신은 몸뚱이가 가지고 있는 물질적이고 구체적인 고독에 대해 생각해 보았는지요 살가죽의 고독, 눈꺼풀의 고독, 입술 가운데 주름의 고독, 엄지와 검지 사이 살이 구겨진 듯 오래 접혀 있을 때의 고독, 무너지지 못하는 등뼈의 고독, 종아리 속 정강이뼈의 고독, 뭉클뭉클 흘러나오는 어두운 피의 고독을

당신도 혹 이곳에 발붙이고 있어도 늘 저곳을 향하고 있는 마음이 따로 있진 않은지요 자의식 과잉의 먹구름이 늘 폭우를 동반하고 머리 위를 떠다닌다면 그 정신과 육체는 너무 습도가 높아 목까지 찰랑이는 슬픔이 그득 차 있겠지요

어떤 마음은 슬픔의 힘으로 무럭무럭 자라 꽃과 잎을 피우고 열매 맺고 스러져 갑니다 어떤 마음은, 몸속 어딘가에 깨알 같은 혹을 만들어 놓고 키웁니다 슬픔이 불러들인 미세한 파장으로 단단하게 뭉쳐진 혹은 몸 안에서 따뜻하고 서글프게 오래도록 머뭅니다

생강나무에 물이 올라 노란 꽃이 맺혔습니다 우리의 마음이라는 것도 꿰뚫어 보면 그 실체가 물질이 아닐까 두렵습니다 노랑에서 분홍으로 봄이 자리를 조금씩 옮겨 가고 있습니다 아아, 몸이 달라지고 있는 봄입니다

늘 걷던 길이 햇빛 때문에 달라 보이는 시간, 봄볕에 발을 헛디딥니다 햇빛 때문에 새소리 물소리 바람소리가 달라지다니요 꽃과 나무와 마음을 변화시키는 봄볕에 하릴없이 연편누독만 더합니다 부디, 마음 때문에 몸을 소홀히 하지 않기를 바랍니다

두 개의 심장

지구에서 6천 광년 떨어진 곳에 있는 두 개의 심장,
하트와 소울 성운을 보자마자
내 하나뿐인 심장은 마구 뛰었다

우주에 떠 있는 두 개의 심장이 펄떡펄떡 소리를 내고
있다
아무도 저 별을 으깨어진 수박에서 과육이 흘러나오고
있는 성운이라 부르진 않는다
이 우주의 혈액을 펌프질하는 두 개의 심장,

광대무변의 몸이므로 너는 두 개의 심장을
나는 단 하나의 심장을,
우리는 모두 세 개의 심장을 가진 기이한 존재

우주의 운행은 저 두 개의 심장이
고요하게 그러나 강력하게 뛰는 우리가 들을 수 없는
먼 북소리 같은 것

세상의 모든 빛을 붉은색으로 바꾸어 발산하는

루비의 빛 피존 블러드 같은
두 개의 심장 성운을 생각할 때마다 가슴은 두근거려

이 우주는 가슴이 뛰는 곳, 심장이 쿵쿵거리는 곳
큰 심장과 작은 심장들이 사라진 악기를 연주하는,
천억 개의 별이 하나의 은하를 이루고 있는

미세한 태양계의 도시 지구에서 우리는
만나지 못해 멀리 함께 뛰는 심장을 가진 우리는, 외로이
쿵쾅거리는 심장을 가만히 짚어 보며

풍경의 귀환

이른 아침 소소리바람을 헤치고 그곳으로 달려간다 왜 꼭 거기로 가야만 하는가 한 번도 가 본 적 없는 곳이 꼭 모르는 장소여야 하는 건 아니다
그런 곳이 아주 드물게 없지 않았으니 거길 가야만 한다는 것만 알겠다

자석에 끌려가는 쇳가루처럼 손발이 그리로 뻗는다 지금까지 거기 가지 않은 이유 또한 알 수 없다
그곳에서 나는 그저 바라보기만 하면 될 것이다 경이로운 이 지상의 모든 빛들을

여러 가지 아름다운 색을 가진 구름이 낮게 드리워져 다리에 걸리며 떠다닌다 해도
반은 어둡고 반은 환한 꽃나무가 우두커니 몇 백 년을 서 있다 처음 꽃을 피워 올린다 해도

우리는 같은 것을 보지 못하겠지만, 같은 시간을 겪지도 못하겠지만
새들이 날아간 허공 어디쯤 우리의 눈빛이 잠시 겹쳐지

는 일도 없겠지만

　　그저 감각하기만 하면 되는 것이다 그곳의 멈추었다 미
끄러지는 모든 시간들을
　　순간이 모든 것을 좌우하는, 순간이 아무것도 아닌, 기
이하고 아름답고 무서운 그런 풍경을

묵와고가의 모과

과녁은 언제나 흔들린다
언어를 장전하고 있다

욕망이 없으니 슬픔도 미미했다
과녁을 정확하게 오조준한다

확증이 없으니 상처가 부실하다
욕망이 아름다움에 도달하지 못한다

기산저수지
말머리고개 고비골

눈이 오지 않아도 설경이 되었다
묵와고가의 모과

언제나 침묵하는 죄,
슬픔이 허술하니 모과가 일찍 썩었다

2부

표면

끝없이 출렁이는 저 푸른 껍질 한 장을 핀셋으로 집어
올려 거대한 벽에 걸어 두면
　벽에서 푸른 물이 뚝뚝 떨어지겠지 암청색 물감을 칠한
듯 흰 벽이 얼룩지겠지
　아래위로 굵은 청색 선이 그어지겠지

　거대한 벽은 푸른색으로 굳어 차츰 시퍼런 균열이 생기
고 덩어리는 갈라지겠지
　물이 굳어서 생긴 푸른 틈이 벽 속으로 스며들어 벽 속
은 깊고 깊은 푸른 세계가 생겨나겠지
　그 세계 속으로 우리는 유연하게 침입할 수 있을까

　삼베로 겹겹이 옷을 만들어 입고 심연으로 풍덩 뛰어들
었다 몸을 차례로 물들였다
　이 세상의 모든 덩어리는 출렁이고 접히고 또 출렁이는
질료였다 아무것도 끝이 없다
　우리는 각자 죽을 때까지 고독할 수 있다 표면은 덩어리
이고 덩어리는 심연이다

내가 사람이 아니었을 때

명왕성 너머에 있는 먼 곳, 거기서부터 오르트구름이다
그곳까지 햇빛은 어떻게 도달하는가

한낮의 햇빛이 눈이 부시지 않는 기이한 곳 해를 정면으
로 바라볼 수 있는 아름다운 곳을 오래전부터 생각해 왔다
목성의 바다가 아니다

명왕성에서도 몇 광년을 더 가야 하는 우주의 멀고 먼
공간, 아무도 가 보지 못한 태양계의 가장자리, 내가 사람
이 아니었을 때
난 거기서부터 고독을 습득한 것이 틀림없다

먼지와 얼음의 띠에서 최초의 무언가 시작되었을지 모른
다, 오르트구름으로부터 여기로 네가 오고 있다
그 둥근 고리에서부터 무언가 생겨났을 테니

명왕성까지 도달하려면 아직 조금 남았다
어서 천천히 가자 그다음은 사막이 있는 푸른 별, 지구
로 가는 일만 남았다 내가 사람이 되었을 때

나의 몸속에는

나의 마음속에는 내가 알지 못할 고통이 있다 잘 만져지지 않는 딱딱하고 커다란 고통이 있다

천만 볼트에 육박하는 고통이 있다 전류가 느껴지지 않는 이상한 고통도 함께 있다

나의 마음속에는 늙은 슬픔이 살고 있다 알지 못하는 어떤 한 사람이 살고 있다

분명하다 나의 마음속에는 알지 못할 인격의 고통이 함께 숨 쉬고 있다

나의 숨을 야금야금 빼앗으며 그는 평생 나를 괴롭혀 왔다 알지 못할 고통이 웃고 있다 나의 몸속에는

적목

길 끝 나무에 검고 마른 잎사귀들이 매달려 있다
큰 나뭇잎 하나가 휘익 떨어졌다
검은 나뭇잎들은 어쩐 일인지 적의를 품고 있다

나뭇잎마다 눈이 달려 있다

마른 나뭇잎 하나가 바람도 없는데 높이 날아갔다
열매처럼 매달려 있는 검은 잎들
가까이 가 보니 앉아 있는 까마귀들이었다

까마귀들이 수십 마리 나뭇가지에 앉아 있는
저 풍경은 어딘가 친근하다,
불안하다

검은 새들이 가득 앉아 있는 나무는 지나치게 고요하다

저 풍경을 장악할 수 있는 힘이 지금
내게 남아 있지 않다고
귀신같은 나무들에게 고백하지 아니하였다

제대로 보이지 않는, 휙 휙 지나가는 것들이
내용도 없이 나타난다
까마귀들이 붉은 눈으로 내 뒤의 세계를 바라본다

거울

유리잔이 문득 창가에서 느린 속도로 떨어진다
파멸의 단맛을 보려는 의지는 개입하지 않았다

기나긴 슬픔에 비해 파국은 지나치게 짧다

유리는 이제 아무것도 비출 수 없다
잔은 사라지고 유리 조각만 새로이
생겨났다

부수어진 아름다운 것들을 치우지 말자

누구도 너를 구해 줄 수 없다
너는 일어서도 다시 자꾸 쓰러질 테지

나는 가만있는데 내가 움직이는 거울,
나는 움직이는데 내가 가만있는 거울을
종일 들여다본다

너는 자꾸 쓰러질 테지

기나긴 출혈에 비해 피는 너무 쉽게 응고된다
부수어지고 부수어진 슬픈 것들을 치울 수 없다

거울은 여러 개의 거짓된 마음을 가지고 있다

적벽, 낙화놀이

천자를 비방한 죄로 그대는 적벽 근처로 귀양을 갔지 그대는 적벽에서 잘 노닐었다 하더라

적벽의 낙화놀이는 어떠했을까
적벽 위에 올라 마른 풀 묶어 불을 붙여 던지면 수십 길 아래 낭떠러지로 떨어지며
천천히 강물을 붉게 수놓았을 불꽃들을 생각해 보자

적벽이라 이름하지 않았어도 좋았을 적벽

적벽의 낙화놀이, 늦가을 적벽에 가면 적벽의 밤 불꽃놀이 풍경을 만날 수 있지
붉은 빛을 띤 벼랑 바위틈에 자라난 나무와 색색의 이끼 덮여 울긋불긋 물든 것이 낙화놀이의 불꽃처럼 보였어

달이 뜬 날 배를 띄워 적벽 아래 노닐면 맑은 바람이 조용히 불어 물결은 일지 않고
물빛은 하늘에 가만 닿았겠지 적벽은 달빛 속에서 고요했겠지

적벽 낙화놀이를 한 그들도 훌쩍 세상을 버리고 홀몸
되어 날개 달고 하늘로 오르는 것만 같았을까

누구를 비방하여 너는 이곳으로 귀양을 왔나 누가 너더
러 한세상 잘 아팠다 전하겠나
적벽의 밤 불꽃놀이, 어둠이 참 장엄하게 울긋불긋했을
거야

천리향을 엿보다

이월에 집으로 가져온 서향이 열흘 지나 꽃을 피웠다

단단하던 꽃망울이 천리 밖에서 내가 들은 격렬한 슬픔의 노랫소리를 함께 들은 것이 틀림없다

그렇지 않고서야 이렇게 한꺼번에 꽃을 피워 올리겠는가 내 목 메임이 멀리 네게로 전해졌구나

바깥은 홍자색 안쪽은 흰색 꽃잎 같이 네 갈래로 갈라지는 꽃받침 조각들이 꽃대 끝에 둥근 별처럼 떠 있다

백리향, 천리향, 만리향 이런 다정한 이름들과 함께 고요하던 내 방은 향기로 어지러워졌다

다음 날 다른 줄기에서 흰 꽃이 피기 시작했다 창밖으로 삼월의 눈이 천천히 하늘로 올라가고 있다

분홍 꽃 이어 흰 꽃을 밀어 올리는 뜨거움을 종일 가지런한 피아노 곡을 얹어 두면 누를 수 있을까

가까이 다가가면 향기로 숨이 가빠 온다

숨이 멎을 듯한 풍경들은 늘 담묵과 농묵에 상관없이
기어코 내 안에 단단하게 자리 잡고야 만다

흰 꽃과 분홍을 마주 피워 올리며 나의 봄을 엿보려는
저 천리향의 미열은 봄눈에 좀 가라앉으려는지

오동

능금마을 오동나무는 죽은 몸에서
새 가지가 길게 나왔다

죽은 줄기는 꺼멓고 새 줄기는 은빛이다

죽은 가지는 옆으로 비스듬하고
새 가지는 위로 반듯하다

죽은 오동은 누웠고 산 오동은 섰다

나는 오동 옆에 서서 멀찍이 손을 뻗어
촛대처럼 뻗어 오른
가지를 하나하나 더듬어 본다

은빛에서 검은색까지, 마을이 생겨났다
사람이 몇 사라졌다 오동은

내가 없는 이상한 문장을 새기고 있다

내 몸을 뚫고 자라난다
나는 옆으로, 누웠나 보다

검은머리물떼새

물결무늬 빗살무늬의 단단하고 드넓은 젖은 사막에는
낙타 대신 검은머리물떼새가 행렬을 지어 지나간다

북쪽으로 향하지 않고 남아 있는
4월 검은머리물떼새들의 머리는 모두 한 방향이다

물 빠진 유부도, 홀린 듯 바라보는 날아다니고 숨고 숙
이고 돌아서고 고개 드는 검은머리물떼새들

가늘고 긴 선홍색 부리, 검은 등과 머리, 흰 배가 그저
저 새라고 말해서는 어쩐지 죄가 될 것 같다

검은머리물떼새, 외투에 붉은색 선명한 단추가 두 개 달
려 있다
검은머리물떼새, 일제히 한 방향을 바라보고 있다

아무것도 없는, 발을 감추어 둔 먼 허공으로 검은머리물
떼새
터벅터벅 걸어간다

허공에 찍히는 수많은 발자국들,
터벅터벅 하늘에도 빗살무늬 물결무늬가 생겨난다

그림자 광륜

안개 속에서 갑자기 그림자가 나타났다
태양은 뒤에서 속삭이고 있다

빛이 안개 속으로 들어가 사람이 되었다
무지개가 어렸다

그림자는 나의 건너편에 있다
저것이 내 모습이라는 것을 어떻게 믿을 수 있나

나는 항상 내 몸과 함께 묶여 있었으니

괴이한 것들은 늘 건너편에 있다
브로켄의 요괴,

이쪽으로 건너오려 한다
안개가 걷히고 나면 사라지는 그림자

내 그림자는 나와 떨어진 곳에 홀로 서 있다
그 거리가 중요하다

안개가 걷혀도 나는 사라지지 않는다
내 몸의 그림자들만 우글거린다

흰 독말풀

돌돌 말려 있는 바람개비 모양의 봉오리
꽃이 피면 커다란 흰 나팔이 된다
취심화 구핵도 양금화 풍가아 취선도 다투라 잎
독말풀 탐스럽던 지난여름
너는 어디 있었나
명색 있으면 식이 있고 식이 있으면 명색 있다는데
흰 독말풀 맞닥뜨린 추분 지난 이른 아침
불쑥 받아 든 이 세계를
이 아침을,
저 늦은 꽃의 명과 색을 어떻게 실감해야 옳은 걸까

흰 독말풀 피어 있는 산책길
이슬 맺힌 흰 나팔을
따서 마셔 보고 싶었다
잎을 따서 만다라화(曼陀羅花)
씨를 따서 만다라자(曼陀羅子)
부처가 설법할 때, 온갖 부처 나타날 때
하늘에서 내리는 하얀 법열의 꽃
만다라화, 만다라화

명색이 있다 있다 없다 없다 있다 없다
흰 독말풀,
꽃잎 끝이 뾰족해진 흰 독말풀

소리의 음각

소리는 왜 발자국이 없는가 물처럼 흐르기만 하는가
당신의 목소리가 음각된 곳은 어디일까

눈을 감고 당신의 목소리를 귓바퀴로 감는 순간들
흐린 새벽 비의 예감과 간밤의 둥근달과
건기와 우기가 목소리의 진자를 통해

귀의 가장 안쪽을 거쳐 백회와 눈꺼풀까지 스며들 때
이 음각은, 돌을새김보다 섬세하고 머나먼
나선형의 세계는

보랏빛 그늘이 섞인 어둠 속에서 눈부심의 뒤편에서
호흡할 수 있는 연약한 것들의 숨결
삼각와의 골과 만곡을 거쳐 물결처럼 번지며

잠을 깨우는 소리의 파동들
달팽이관까지의 수많은 산과 들과 개울을 지나
마침내 당신의 손은 내게 도착한다

음각의 저 안쪽을 돋을새김으로 만져 보는 이는 누구
일까

소리의 물결에 잠긴 채 끝없는 계단을
철썩이며 돌아 내려가는
푸른 몸은 어디까지 깊어지려는가

매듭

사이프러스가 우뚝 서 있는 언덕과 돌로 견고하게 쌓아 올린 긴 벽 사이에서 멀리 풍경화의 소실점을 알려 주듯 수도사가 나타났다

그는 가까이 내려올 때까지 왼손을 가슴에 얹고 있었다 그가 네 곁을 천천히 스쳐 지나갈 때 고개를 들어 사이프러스의 우듬지를 바라보았던 건 그의 얼굴을 보지 않기 위해서였나

투니카 자락이 조금씩 펄럭였으나 소리는 나지 않았다 수사가 원근법의 풍경을 다 빠져나올 때까지 이글거리는 햇볕은 머리를 뜨겁게 달구었지만 너는 정물처럼 붙박여 있었다

짙은 밤색 수도복에 세 개의 매듭이 달린 밧줄 허리끈을 그도 매고 있었겠지 며칠 동안 골목길에서 수사들을 간혹 만나게 되어도 그 매듭에 결박해 둔 어떤 심정이 있는지는 궁금해하지 않기로 했다

아씨시의 햇빛 아래에서는 사이프러스도 사람도 하나의 검은 점이었으므로, 수도복을 입지 않은 사람이 정물이 되는 곳 아씨시의 모든 길들은 하얗게 바래어 서늘하고 어둑하고 또한 정밀하였으므로

저수지는 왜 다른 물빛이 되었나

저수지의 물빛이 짙어졌다, 그 사이 무언가 달라졌다
저수지는 무엇을 받아먹고 검은 물빛이 되었나

검은 물 아래 무언가 보아서는 안 될 것이 가라앉아 있다

그해 가을 시퍼런 물이 방심한 누군가의 운동화를 흠뻑
빨아먹었는데
물가의 돌들은 하얗고 따뜻했는데
물에 뜬 구름이며 붉게 물든 풀잎도 앉아 있기 좋았는데

누가 불을 피우다 갔는지 둥근 돌무더기에서 연기가 올
라오고 있다

한 발짝씩 물가의 풀이 저수지 쪽으로 뿌리를 옮기고
있다
똑같은 간격이다 모두 정확하게 저수지를 향하고 있다

한 발 한 발 앞으로 뻗어 나간 뿌리들의 집요한 발자국과
저 검은 물빛은 어떤 비밀을 공유하고 있음이 틀림없다

천천히 몸을 돌려 물가를 빠져나온 건 저수지가 내 발목을 삼키고 싶어 한다는 걸
발목과 함께 몸도 끌어들이기를 원한다는 걸 눈치챘기 때문

저렇게 검은 물빛이라면, 원치 않아도 걸어 들어갈 수 있는 사람들이 있다

저수지는 왜 다른 물빛이 되었나
물빛 탓에 저수지가 음산해진 건 아니다

습득자

별서터 주춧돌을 따라 탑돌이 하듯 여러 바퀴 돌았다
느티나무 아래 와편들이 흩어져 있다
멈칫, 파도문 와편이다
파도문을 만져 본다 마른 손끝에서 물기가 느껴졌다
눈을 감아 보았다
등에 커다란 나무가 솟아오른 물고기를 칠성각에서 보고 온 탓일까

파도문 와편을 만나려고 한 번도 가 보지 않았던 칠성각 좁은 벽 틈으로 성큼 걸어 들어가 물고기 벽화를 보게 된 걸까
너는 어찌하여 그렇게 큰 나무를 등에 심고 다니는 것이냐
풍랑이 칠 때마다 피를 흘려야 하느냐
연화문도 당초문도 빗살문도 아닌 파도문이 오늘 왜 내 심정을 일렁이게 하는지

알지 못한다
수령 640년을 뒤로하고 고사한 정당매 앞에 서 있다 돌

아와

　시간이 더디 가는 것이며

　간혹 어제오늘의 앞뒤가 그곳과 이곳이 홀렁 휘저어지는
느낌을

　가져가도 되는 걸까

　파도문 와편을 습득하다와 수습하다 사이에서 망설인다

　생각 끝에 와편을 모시고 와 그걸 쓰다듬고 있자니 고매
로 처연해졌던 형편이 얼마간 수습되었다

　나는 별서터 파도문 와편의 습득자,

　와편 한 조각 습득으로 한산습득 같은 깨달음은 못 얻
어도

　콩알만 한 심장이 고요해졌으니

　오늘 나는 와편의 좋은 습득자,

　말라 검게 타 버린 묵은 매화 보고 돌아온 갈라진 마음
을 수습하였다

　습득으로 뜻하지 않게 수습까지 하게 된 참 장한 사연
은 이러하다

오늘 수습된 마음을 습득하였다

3부

나의 사랑하는 기이한 세계

내가 보고, 내게 보이는 것들
내게로 와 내 눈에만 살며시 보이는 헛것들

속삭이며 귓속을 울리는 내 것이 아닌 이 숨소리들

나의 감각이 구축한 튼튼하고 허약한 세계
내가 설계한 기이한 건축물

나는 죽을 사람을 보고 당신은 죽은 사람을 본다
나는 빛의 어둠을 보고 당신은 암흑의 광휘를 뽑아낸다

나는 침묵의 굉음으로 아프고
당신은 소리 없는 곳에 산다

능소화를 밟고 여름을 지나온다
독이 많은 꽃들이 피뢰침처럼 피어난다

노랗고 붉은 큰 꽃들의 목이 다 비틀어져 있다

저녁의 창문들

— 베네치아

이곳에는 말을 거는 창문과 침묵하는 창문들이 있다
낮엔 거의 침묵하고 있지만
어둠 속에서는 제법 말이 많다

한집에 속한 각각 다른 크기와 모양의 모든 창문들이
완벽하게 조화를 이루고 있다

집의 창문들 위로 밤이면 조금씩
물의 더듬이가 움직여 맨 위층까지 올라간다
불빛이 물의 일렁임을 벽으로 밀어 올린다

물빛은 담쟁이처럼 천천히
집의 벽을 타고 이동한다
집은 밤마다 물의 화폭에 휩싸인다

벽에 새기는 물의 부조들을 맞은편 창에서 내려다본다
집이 물의 무늬에 잠기는 것을,

가로등이 켜질 때마다 물의 색이

어룽어룽 스며드는 것을,
창안의 그는 몸에 물의 무늬가 드는 것도 모르겠지

속삭이고 침묵하는 온갖 창문들의 습식 프레스코화가
완성되는 물의 도시의 길고 휘황한 밤
밤의 창문들마다 아가미가 달려 있다

물과 사막의 도시에서

　이 도시에 도착한 후 줄곧 날개를 보고 다닌다 도처에 날개가 있다 날았던 적이 있거나 날고 싶은 날개들, 이젠 내 견갑골에서 날개가 솟아난다 해도 놀라지 않을 것 같다 이 도시의 날개들은 부러지지도 녹아내리지도 않는다

　잠에서 깨어나면 몸이 바삭거린다 물로 이루어진 이 도시에서 너는 혼자 건조하다 햇빛에 반사되는 물빛이 몸에 닿기라도 하면 머리카락은 타들어 갈 듯 바스락거린다 물빛에 몸은 야위어 가고 마른풀 소리를 내기도 하지만

　이 도시의 모든 것이 신기하게도 너와 충돌하지 않는다 너는 이 도시를 이해한다 젖은 눈으로, 표정을 바꾸지 않는 얼굴로 이 도시와 더욱 일체감을 느낀다 너의 몸은 바삭거리지만 쉽게 흩어지거나 부서지지 않을 것이다

　날개가 바삭바삭 마른 소리를 낸다 습기가 필요하다 젖은 몸을 말리는 검은 나방처럼 너는 언제 돋아났는지 모르는 날개를 위해 해변이 가까운 나무 그늘 아래 커다란 날개를 펼치고 묵묵히 앉아 있다 이런 장면은 이 도시에서는

전혀 이상한 일이 아니다

　무겁다, 어떤 날개는 물 위에 둥둥 떠다닌다 지나가는
청년의 등에는 날개가 한쪽만 달려 있다 어떤 날개는 눈에
띄지도 않을 만큼 아주 작다 어떤 날개는 푸른색이다 신비
한 푸른 날개를 단 그 아이는 박물관에 갇혀 있었다 무겁
다, 물과 날개와 사막은

그 악기의 이름은

루트, 라고 대답했어요
좁은 골목을 지나자 나타난 늦가을 장미가 두 송이 피
어 있는
작은 정원의 벤치에서
그는 악기를 연주하고 있었어요
당신의 연주는 훌륭했어요
이 악기의 이름은 무엇인가요
나는 조심스레 다가가 그에게 물었어요
기타도 만돌린도 아닌 내가 알았던 어떤 사람과 닿아
있는 것 같은
이 악기의 이름은 무엇인가요
누군지 모를 어떤 사람을, 오래전 잊은 어떤 말을
감추어 둔 어떤 마음을
그것이 무엇인지도 모르는 채
이 낯선 도시에서 문득 만나게 된 거예요
당신은 이 악기와 조금도 어긋나지 않고 하나이군요
내게 이 악기의 이름을 말해 주겠어요
당신은 왜 이 머나먼 곳의 거리에서
곧 져야 할 목이 긴 분홍 장미 옆에서

다른 악기도 아닌 루트를 연주하고 있나요

당신은 아주 춥고 아름답고 먼 나라에서 여기까지 오게
되었군요

누군가에게 루트, 라고 말해

그의 심장을 터트리기 위해

나무들은 침묵보다 강하다

나무들은 한낮의 햇빛 속에서 더욱 강력해진다

한낮에도 서늘한 어둠을 불러들이는 건
죽은 자들이 아니라 저 나무들이다

십자가를 만든 나무,
하늘과 땅을 이어 주는 시퍼런 길
검은 초록의 터널

사이프러스 한 그루가 하나의 길이라는 것을
이 섬에서 나비처럼 알게 되었다
한 그루 길 위로 구름이 걸린다

저 나무는 어두운 내면을 초록으로 오래 위장해 왔다

나무속으로 가끔 새들이 빨려 들어가 푸득거린다
우듬지 근처로 분명 어떤 새가 지나갔다

순식간이어서 보지 못했다

왜 고개를 숙이고 있었는지 새를 바라보지 않았는지
나비처럼 알지 못한다

새는 돌아오지 않았다
묘지가 필요로 하는 것은 어둠이 아니라 햇빛이다

한낮의 정적 속에서 나무들은 맹렬히 솟아오른다
이곳의 나무들은 침묵보다 강하다

물의 점령

무얼까 파국으로 치닫는 이 느낌은

새벽과 밤의 한기, 폭우와 한낮의 갑작스러운 햇빛이 공
존하는 이 낯선 곳에서의 날들은 나의 괴로움에 대해 아
무것도 말해 주지 못한다

다만 나쁜 꿈속으로 빨려 들지 않기 위해, 다만 길을 가
다 물속을 걷지 않기 위해, 다만 포근한 어둠을 너무 가까
이하지 않기 위해

물의 귓속말에 홀려 밤의 창가에서 붉은 눈의 새벽을
맞이하지 않기 위해

수로의 해초들이 죽은 여자의 머리카락처럼 둥둥 떠다
니는 새벽의 표정에 체온을 다 빼앗기고 돌아와 나는 쓰러
진다

다만 너를 너무 괴롭히지 않기 위해 그곳을 그리워하지
않기 위해 이곳에 다시 오지 않기 위해

물속의 빛들을 너무 편애하지 않기 위해, 물 밖으로 다시 나오지 않기 위해

다만, 이 생을 조금만 더 사랑하기 위해

이방인

폭우가 그쳤다

하늘은 맑아지다 갑자기 붉은 셀로판지를 끼운 것처럼
한 겹 더 어둑해졌다

그는 머뭇거리며 밖으로 나갔다
나뭇가지들이 바닥에 쓰러져 있다

이마는 뜨겁고 몸은 싸늘하다

어둑하고 축축하고 우울하도록 아름다운
이 도시에서 가장 잘 어울리는 사건은
무엇일까

아쿠아 알타 사이렌이 길게 환청처럼 울린다

저녁부터 안개가 깔리기 시작했다
물과 안개로 뒤덮인 밤

아침이면 서늘한 물의 기운과
조수가 최고치에 달할 것이다

기침이 다시 시작되었다

물에 갇힌 사람

0시 44분

경보음은 물길을 따라 좁은 골목으로 접어들어
구불거리며 기어 다니다가
집 앞까지 왔다
추적추적 비가 내리는 밤

막다른 골목이다

으스스한 경보음이 울리는 밤이면
그는 밤마다 이 도시에 와서
뜻하지 않은 죽음을 맞이하게 되는
사람들의 이야기를 읽는다

몇 시간 후면 도시 전체가 물에 잠긴다

물이 문을 막고 있다
물을 꺾어 버리려면 문을 확 열어야 한다
물을 물리치려면 물을 들여놓아야 한다

지붕의 붉은색이 더 깊어졌다

천천히 수위가 올라간다

집밖을 나서려면 무릎 위까지 올라오는
긴 장화와 홀린 마음이 필요하다
철벅철벅 물을 끌며 걷는 저 사람은
오늘 밤 이 도시를 떠나려 했다

어둠은 벌써 바닥이 보이지 않는다

산 미켈레

산 미켈레는 죽은 자들이 사는 곳 물과 늙은 시간과 안
개와 어둠을 오래 관망하다 들어와 보니 죽음이 아주 가지
런하고 친절하게 잘 설명되어 있다

확연하다 물 위에 떠 있는 죽은 자들의 거처 싱싱한 흰
시클라멘 화분을 두르고 있는 열아홉 발레리나 디아나부
터 에즈라 파운드, 이고르 스트라빈스키까지

따뜻하다 그들만의 요새에서 죽음도 모른 채, 우뚝한 사
이프러스 사이 휘익 희고 푸른 정적이 새어 나왔다 완전한
죽음은 어디에도 없다는 듯

다정하다 죽음의 섬에 모여 있는 밀도 높은 햇빛과 포근
한 침묵 탓에 그는 섬의 잦은 방문객이 되고 말았다

검은 나무들의 침묵, 피뢰침 같은 우듬지, 산 자들이 천
천히 조금씩 죽어 가는 곳에서 나무들은 이곳으로 건너왔
다

나무는 햇빛을 다 빨아먹고 한낮을 컴컴하게 만들었다
산 미켈레는 죽은 자들만 살아 있는 곳, 낯선 방문객은 좀
처럼 돌아가지 않는다

다리 위의 고양이

이 도시의 유일한 고양이인 너는
조금 살이 쪘구나
수염이 무섭도록 자랐구나
나는 어찌하여 집과 먼 이 거리까지 산책을 나오는 것
이냐
오늘 밤은 너에게 나의 이야기를 들려주마
나는 먼 나라에서 왔다
나는 폐사지의 탑처럼 그리움이 많다 슬픔은 더 많다
흉터도 많다, 너는 없구나

나무다리 아래에서 나를 기다린 거냐
이 다리를 건너 저 골목으로 들어가 왼쪽으로 꺾으면
내가 좋아하는 장소가 나온다는 걸 너는 알고 있는 거냐
너는 내가 두렵지 않구나
내 안의 너와 같은 무엇을 보았구나
그런데 왜 자꾸 길을 막는 거냐
네 눈빛이 무얼 말하는 건지 모르겠다

이 도시에서 고양이는 네가 처음이구나

죽은 자들에게도 마음이 있어
저 건너편 바다의 묘지에서 뭐라고 너와 내게
자꾸 시비를 거는 것이 정녕 느껴지는 거냐
자정의 낡은 나무다리 위에서
나는 왜 네게 이런 말을 하는 것이냐
나는 먼 나라에서 온 이방인

누구에게도 비밀을 발설하여서는 안 되는 거다
너는 다리 위의 고양이,
나는 다리를 조용히 지나가는 산책자
오늘은 네가 이야기를 청하기에
조금 더 많이 머물렀다
내가 하는 말을 알아듣기는 하는 거냐
우리는 오늘 밤 다리 위에서
다정한 비밀을 나누어 가졌다

붉은 사각형

그 사각형 안에는 수십 가지 뉘앙스의 미묘한 색들이 있다 붉은색만 보려 한다면 붉은색만 보인다 당신이 그 안에 갇힌 얼음 같은 붉은색은 아무런 말도 해 주지 않는다

위아래로 붙어 있거나 떨어져 있는 두 개의 사각형, 어떤 사각형도 그렇게 명상적이지는 않을 것이다

주홍색이거나 검은색이거나 짙은 초록이거나 퍼져 나가는 노랑이거나 자주색이거나 군청색이다 때로 서너 개의 사각형이 앞뒤로 겹쳐 있거나 보이지 않는 끈에 묶여 있는 듯 보이기도 한다

붉은 사각형은 우기의 저수지처럼 여러 가지 색들을 다 빨아들였다 그 붉음 안에 동일한 양의 다른 색들이 웅크리고 있다 붉은색 사각형 안에 어른거리는 것들은,

모든 색들의 진정한 기원은 무엇인가

깊은 색을 천천히 뚫고 나오는 나른하고 고요한 밝은 색

의 소리들을 다 걷어 내고 나면, 그것은 고요하거나 소란하거나 적대적이거나 온순하거나 신성한 그저 하나의 둥그스름한 붉은 사각형

베네치아 유감

　레오나르도, 다비드, 가브리엘라, 에드, 마테오, 알베르토
다섯 살부터 예순이 넘는 내 친구들 모두 안녕한가 이들
때문에 그곳을 다시 찾은 건 아니었어도 누구에게도 연락
하지 않았던 건 그들을 잊지 않기 위함이었다

　그들을 그리워하며 한 계절 적막하게 지내고 돌아왔다
대신 죽은 것 같은 사람들이 자꾸 찾아왔다 새 친구들은
스페인에서 왔거나 이스라엘이나 독일 출신이었다 운하 옆
저택은 오래된 팔라초였다

　운하 쪽으로 난 창과 침대 머리맡에 타르초가 매달려
있었다 티베트와 베네치아와 나는 어떤 유연관계로 묶여
있는 걸까 밤과 낮 할 것 없이 죽은 사람들이 드나들었다
그들은 오래된 장식장 위에 걸터앉아 있거나 침실의 뒤뜰
창에 붙어서 저녁내 나를 지켜보았다

　한밤 아르세날레로 가는 해안의 가파른 길 아래를 내려
다보면 등을 보이며 수초들과 섞여 둥둥 떠다니기도 했다
그들은 한결같이 말이 없어서 고독한 이방인에게 도움이
되지도 방해가 되지도 않았다

　조금 불편하다가 이내 많이 불편해졌다, 두렵다가 친근
해졌다, 무관하다가 다시 두려워졌다, 내가 만들어 낸 헛

것이 분명하다고 믿은들 그것은 사실이 아니었다 그렇다고 다른 사람들의 눈에 보이는 것 같지는 않았으니

　나는 왜 읽지도 못하는 팔리어 경전을 들고 간 걸까 레오나르도가 잡은 노란 장난감 통에 들어 있던 어린 게들은 자주 가리발디의 운하로 올라오곤 하는 걸까 가브리엘라의 집 발코니에는 아직도 무심히 협죽도가 피어 있을까 안개로 앞이 보이지 않는 카나레지오의 새벽을 나는 여전히 헤매 다니고 있는 걸까

주천

얼음 아래로 흐르는 물이 무늬를 만들며 조금씩 움직인다
햇빛에 무늬가 꿈틀거린다

얼음 아래 흐르는 물은 검다

겨울 강을 바라보는, 물속으로 가라앉는 사람의 시선을 생각해 본 적 있다

바람 소리가 물결 소리 같다
물결 소리는 들리지 않는다

얼음 아래를 빠져나오면서 물 색은 옅어진다
힘이 엉겨 소용돌이치는 얼음 속

삐걱, 침묵의 한가운데서 고요히 얼음이 갈라졌다

움직이는 것은 소리가 있다
소리가 아니라면 주천을 알지 못하였다

틈

가실리 늙은 모과나무
가까이 들여다보니 몸통이 나누어져 있다
울퉁불퉁 갈라진 틈 사이 들어갔다
내 몸을 받아 준 모과의 몸,
텅 비어 들어갔다

어제의 나무를 통과했다

이쪽 틈으로 들어가 저쪽 틈으로 나왔다
스윽 저를 지나간 내 몸을
알 수 있으려나
들어가긴 쉬워도 나오기는 어려웠던 좁은 틈
모과는 겨우 갈라진 틈에서 나를 꺼내 놓고
괴괴

모과가 씌었다

물고기

바람 부는 반대편으로 힘겹게 돌아가는 저 나뭇잎 물 위에 뜬 마른 나뭇잎 한 장조차 가고자 하는 바가 있는지 송사리보다 송사리 그림자가 더 커지는 오후 네 시
물고기는 저보다 큰 물고기 위로만 헤엄쳐 다닌다

송사리가 물 바닥의 손가락만 한 물고기를 쫓아다니고 있다 컴컴한 물고기는 한사코 구름 뒤로 숨는다
어둑한 물고기는 자기 몸이 물거울이라는 걸 몰라서 물 속은 갑자기 물고기가 많아진다

바닥을 헤엄치는 물고기들이 저녁이면 사라진다 물이 얼면 어두운 물고기들은 또 어디로 가는 걸까
개울에 뜬 붉은 나뭇잎 한 장 그림자를 잡고 바위틈에 멈추었다

이 개울은 밤마다 물고기 수가 줄어든다 해가 뜨면 환상에 시달리는 물고기들이 있다

4부

난만

목 없고 팔 없고 코 없고 다리 없는 것들은
목을 베어 내고 팔을 떼어 내고 코를 잘리고 다리를 빼
앗겨서
우뚝한 존재감을 갖게 되지
그 자리에 돋아나는 초록의 폐허를 쓰다듬어 보네
당신 없이, 당신을 떼어 내고, 당신을 빼앗기고
당신이 부수어진 자리마다
빛나는 당신,
몸통만 남아 그대로 당신이 되는
머리 없고 팔 없고 눈 없고 귀가 없이
그대로 더욱 강력해진 당신을
나는 바라보네
아주 긴 생을 출몰귀관하는 저 꽃들,

당신은 학을 닮아 간다

굴업도 목기미 연못 습지에는 긴꼬리도약옆새우와 가는
몸도약옆새우가 살고 있지
나는 굴업, 굴업하며 거기 여러 번 엎드렸지

학은 천 년 만에 푸른색으로 변해 청학이 되고 다시 검
은색 현학으로 변하는 불사조이지
그런 줄도 모르는 척 당신은 점점 학을 닮아 가고 있지

다음 개기일식과 금환일식은 2035년 9월 2일 오전 9시
40분과 2041년 10월 25일 오전 9시에 각각 볼 수 있게 된
다는 걸,
당신과 내가 부디 다음 일식을 볼 수 없게 되기를 바란
다 해도 당신은 고개를 끄덕이겠지

반가하지 않아도 사유할 수 있지만 반가하면 사유가 잘
진행된다는 걸 당신도 아는지 사유의 형식이 사유를 돕기
는 하지만 방해하지는 않는다는 걸
당신은 고개를 끄덕이겠지 늘 반가상처럼 앉아 있겠지

굴업도 목기미 해변에는 검은 전봇대들이 모래밭에 박혀
물이 들 때마다 키를 줄였다 늘였다 하며 삭아 가고 있지
　당신은 굴업도 가보지 않고도 굴업도를 아는 척하지 당
신은 점점 학을 닮아 가지

열 개의 태양

침대 밑 가장 구석진 곳에 둥글게 모여 있는
민들레 씨앗 같은 먼지들의
외로움을 생각해 본다

열 개의 태양이 기억하고 있는
우주란 어떤 곳일까

내가 감각하는 나는 열 개의 태양이
기억하는 각각의 우주,

감각의 극지는 감각을 기꺼이 닫는
서늘하고 뜨거운 곳

몸이 나의 정신과 한 치의 빈틈없이 꼭 들어맞는 곳

가자, 우주의 기억을 되찾기 위해
무성한 기억의 숲으로
몸을 데리고 들어가 보자

별이 내뿜는 빛들을 먼먼 우주의
어느 한 점에서 바라본다는 건

별과 내가 아주 커다란 한집에 산다는 것,
별과 내가 곧 우주라는 것

광역적외선탐사망원경으로 너의 운명을 엿보는 저녁은
없다
250만 광년 떨어진 나와 가장 가까운 곳에 있는 기억이
여,
너의 푸른빛들을 내게 오래 들려다오

빗소리 위의 산책

빗소리가 방을 녹인다
뜨거운 열기에도 단단하던 방이 소리에 녹는다
빗소리가 책장을 덮는다

이 공기에는 어딘가 규칙적이고 질서정연한 모래알들이
숨어 있다
아카시꽃이 느리게 젖어 간다
하늘색 창이 빗소리를 증폭시킨다

아카시꽃 색이 짙어진다
창은 비의 鬥이 된다
책갈피에 접힌 소리들이 납작하게 말라 간다

글자들이 소리의 향기를 포위한다
빗소리 위로 높이 발자국을 찍는 산책,
소리가 녹이는 방은 향기로 둘러싸인다

빗소리가 방을 녹인다
아카시꽃이 젖어 창을 열어 둔다

이 공기의 모든 소리에는 門이 달려 있다

헛된 약속들과의 밀약

어떤 비밀이든 약속이든 반드시 지키려는 사람이 세상에 너밖에 없을지도 모른다고 생각하지 말기를

악수를, 약속을, 묵약을 함부로 하지 않으려는 강박이 커피와 우유의 비율에 대한 과도한 세심함이 쓰나미 같은 피로를 몰고 온다는 사실을

그 약속은 지켜질 것이라는 조촐한 신념이 소박한 어리석음이 되고 마는 일이 반복될 때

불빛 없는 그 도시의 컴컴한 길 위에서 너는 숨은 초사흘 달 같은 야릇한 웃음을 지었던 것이 분명하다

네가 지키지 못한 다른 약속들 때문에 어쩌면 너도 스스로 깜박 속을 때

알지 못할 극심한 피로가 한꺼번에 빗길의 추돌 사고처럼 몰려들 때

마른풀 냄새가 배어 있는 어둑한 공기 속에서 태생이 헛
된 약속들의 계보를 더듬더듬 더듬어 보며 코피를 흘릴 때

침묵 장전

용암 같은 침묵이 장전되어 있는
이 세계가 바로 나의 것이다
잠시 잊고 있었지만 늘 나의 발아래 있었다

내 몸에 새겨진 상처의 울퉁불퉁함과
저 울울한 풍경들의 비루함과 명랑함을 다 잊고
나는 당분간
이 세계에 좀 더 집중하겠다

다만 의심 많은 철학자가 쓴 시처럼
교묘하고 화려한 수사를 구사하는
저 세계를
너무 뚫어지게 바라보지는 말자

저쪽은 나의 시선에 대해 너무 눈치가 빠르니까
항상 나 자신이 중요한 것처럼 초록 속의 연두처럼
적에게 쉬이 들키지 않는 정교함이 필요하다

얼음 같은 침묵이 장전되어 있는

이 세계가 바로 나의 것이니까
저 세계의 발아래 있는 풍경의 어긋남에 대해서는
좀 더 천천히 알아보겠다 당분간이다

부러진 뼈

부러진 뼈에 붉은 꽃이 얹혀 있다

가르신*은 가르신의 병을 치료하기 위해
고흐는 고흐의 병을 치료하기 위해
쓰고 그렸다
누군가는 그의 병을 치료하기 위해
열렬히 아무것도 하지 않았다

가르신은 가르신의 병을 치료하지 않기 위해
목을 부러뜨렸다
목은 가르신의 병을 치료하지 않기 위해
오로지 그가 뛰어내린 계단을 위해
부러졌다

부러진 뼈를 통해 그가 이룬 것은
단지 세상으로부터 잠시 잊혀진 것,
이 도시에도
부러진 뼈가 구축한 계단들이
까마득히 올라가고 있다

붉은 꽃은 부러진 뼈에 단단히 뿌리를 내린다

괴산 왕소나무 문병기

링거액이 굵은 줄기 마다 주렁주렁 매달려 있다
높은 곳에서 맑은 바람을 쓰다듬던 잎들은 바닥을 향해
드러누웠다
톱으로 솔잎을 잘라 내고 있다 잘린 가지 끝에 약품을
바르고 있다
쓰러져 누웠는데도 사다리를 받쳐야 올라갈 수 있는 가
지에 기대어 두 사람이 솔잎을 잘라 내고 있다

저들에게 소나무가 어떻게 보이는지 물을 수는 없겠다
그들 주위에서 나는 그저 우두커니 소나무를 바라본다
가까이 다가갔다 또 멀찍이 떨어져 보았다
탑돌이 하듯 천천히 돌아도 보았다
단 한 번도 사람의 손이 닿지 않았을 높이쯤의 줄기를
어루만져 본다

붉은 비늘의 체온이 손바닥에 닿았다
쓰러져 누운 소나무의 안부를 다른 누군가의 안부에 견
주어 물으러 새벽을 재촉한 걸음은
잔가지와 솔잎을 다 잘리고 있는 나무를 바라보는 동안

문병인지 문상인지 분명치 않게 되었다
　소나무를 잃은 것인지 다른 무엇을 잃은 것인지 그것도
묻기 어렵게 되었다

　들판에 우뚝 서 있던 저 소나무를 만났던 그해 겨울,
　맹렬하게 시작되었던 어떤 소용돌이가 이젠 사그라졌다
　저 소나무가 만들었던 그 순간의 강렬한 그늘이
　내 얼굴을 빛과 어둠으로 갈라놓은 사진만 한 장 남았다

　소나무는 너무 오래 서 있었는지도 모른다
　나는 소나무를 일으켜 세우지 않으려 한다
　저렇게 많은 링거액을 꽂아야 한다면 솔잎을 다 잘라 내
고 누워 있어야 한다면
　빛과 어둠이 반반인 소나무의 영정 하나 만들어 돌아
왔다

봄, 양화소록

올 봄 하릴없어 옥매 두 그루 심었습니다

꽃 필 때 보자는 헛된 약속 같은 것이 없는 봄도 더할 나위 없이 아름답군요

내 사는 곳 근처 개울가의 복사꽃 활짝 피어 봄빛 어지러운데 당신은 잘 지내나요

나를 내내 붙들고 있는 꽃 핀 복숭아나무는 흰 나비까지 불러들입니다

당신은 잘 지냅니다

복사꽃이 지는데 당신은 잘 지냅니다 봄날이 가는데 당신은 잘 지냅니다

아슬아슬 잘 지냅니다

가는 봄 휘영하여 홍매 두 그루 또 심어 봅니다 나의 뜰

에 매화 가득하겠습니다

풍경의 온도
— 굴업도

선단여, 목기미의 사빈과 사구, 연평산, 붉은모래해변, 토
끼섬, 개머리언덕의 꽃사슴과 비탈의 소사나무들……

내 영혼을 흔들어 놓은 풍경들은 내 몸의 연골과 어떤
경로를 거쳐 접합하는 걸까 물이 스며드는 것과 뼈가 이어
지는 것의 차이란

수크령 까슬한 꽃들이 오후 네 시의 비스듬한 햇빛에 은
빛으로 물결칠 때 좀향유 보랏빛 향기의 나지막한 속삭임
이 귀에 이명처럼 울릴 때

다시 보지 못할까 두려워 안타까이 내가 몸에 찬찬히
새겨 버린 풍경들은

나의 피와 살을 거쳐 어디론가 멀리 흘러갔다 다시 돌아
와 내가 알지 못하는 몸의 다른 감각이 되는 걸까

해변의 크고 붉고 검은 닻들이 어느 낯선 행성에 불시착
한 잔해인 듯 박혀 있는, 꽃 진 후의 금방망이들이 바람에
흰 솜털구름처럼 흩어지는

나의 몸을 뜨겁게 하고 미지근하게 하고 차갑게도 하는
저 노을과 벼랑과 모래바람은 내 마음과 어떤 구조로 친밀
하게 결합하여 나를 바꾸어 나가는 걸까

이곳에서 나는 조금 변하고 있으니, 흐느낌이 없이도 흐

느끼고 있으니, 나를 뚫고 지나가는 것들이 나를 이루고
또 어루만지고 있으니

젖은 무늬들

당신의 어깨 위에도 내 머리카락에도
안개는 뭉클뭉클 섞여
안개 속에서 우리는

허무와 피로를 극복하는 법을 오래도록 생각한다

비와 안개가 출렁이는 우기의 마지막 하루
노각나무 흰 꽃들
바닥에 떨어져 뭉개어지고 있다

비에 젖고 발에 밟혀 파묻히는 흰 빛들,

물끄러미 바라보는
젖은 무늬들
머리 위에 맺혀 있는 한 방울의 구름

손바닥 안 한 줌의 모래
당신과 나는 천천히
안개 속을 걸어 내려온다

보이지 않는 빛들이 당신과 내 몸에 묻어 있다

상리

상리에 왔다 염수당 마루에 앉아 늙은 돌배나무가 피워 올린 장엄 배꽃을 바라본다 저 아래 마을에서 여기까지 구불구불 좁은 길 따라 두근거리며 올라왔다 화악산은 염수당 앞마당에 멀리 화첩을 옆으로 다 펼쳐 놓았다 오른쪽 끝자락의 고갯길을 넘으면 각북에 닿으리라

먼 산 연둣빛 바탕에 얼핏얼핏 분홍과 흰빛 진달래 산벚나무가 서른 살 어머니 즐겨 입으시던 원피스의 물방울무늬인 듯 아른하다 나는 하필 위아래 다 검은색이어서 장엄한 돌배나무 옆에서도 흔들림 없는 단독 무늬가 되었다

바람이 안 보이는데 꽃잎이 이리저리 떠다닌다 그 아래 들어가 물끄러미 손바닥을 들여다본다 이 손은 어떤 손등을 가졌던가 가만 숨을 죽이고 천천히 손을 움직여 본다 손등의 시퍼런 핏줄을 바라보는 일이 어떤 순간 두려울 때가 있다

꽃의 원무가 어지럽다, 멀미가 난다, 숨이 차다, 몸이 어딘가로 날아가듯 공기가 달라진다 나무는 나를 가운데 두

고서 어찌 이런 춤을 추는 건가 하긴 나는 쓰러질 듯 멀리서 여기까지 우여곡절 어렵게 오긴 했다

　아아, 지고 있는 꽃들이 나를 들어 올린다 어디로 데려가고 싶은지 얼마나 자주 이곳으로 끌어올릴 건지 말줄임표처럼 내 곁으로도 오고 마을 아래로도 가고 산 너머로도 가고 우주 너머 몸을 너머 그 먼 곳으로도 가려 하는 꽃잎들아

　어지러워, 이제 그만 나를 놓아 다오 몸살이 나듯 신열이 돋아나고 있다 여기 이 화엄 언덕 아래의 작은 슬픔은 얼룩 같아 보기에 좋지 않구나 이렇듯 뜨거운 몸이 되려고 나 여기 왔나 아아 열꽃이 붉게도, 붉게도 피어나고 있다

겨울 하루, 매화를 생각함

이월, 매화에 기운이 오르면
그 봉오리 따다 뜨거운 찻물 부어
한 송이 우주를 찻잔 속에 피어나게 해 볼까
화리목 탁자 근처 매화향을 두르고 잠시
근심을 놓아 볼까

九九의 첫날인 십이월의 어느 날부터 나는
목이 길어지고,
옷은 두꺼워지고 발은 더욱 차가워질 테지만
九九消寒圖의 매화에
하루하루 표시를 해 나가며

여든 하루 동안
봄이 오는 저 먼 길을 마중 나가는
은밀한 기쁨을 누려 보는 것이다
매화가 피는
삼월의 어느 봄날이 올 때까지

여든 하루는 한 생, 여든 하루는 단 한순간

매화가 피는 한 생이란
매화를 보지 못하고 기다리는 한 생
탐매행에 나선 이른 봄날 어느 하루는
평생을 다 바치는 하루
두근거리나 품을 수 없는 하루

구름의 서쪽

당신은 내가 모르는 사이 죽음 근처에 다녀왔소 당신이 사라진다면 나는 어떻게 되는 거요 당신은 내게 항상 부재하는 실재였으므로 어쩌면 아무것도 달라질 것이 없을지도 모르오 하지만 나는 이전의 내가 아닐 것이오

무엇이 사라질 때마다 내가 그 사실을 어떻게 극복했는지 말하지 않겠소 아름답고 비루하고 쓰라리고 신비한 이 삶을 나는 또다시 살아 내야 하는 것이오 섬세한 언어처럼 가을이 내 앞에 다시 왔소

나는 어떤 새로운 형식으로 당신을 그리워하기로 했소 왜 새롭지 않으면 안 되는지 그것 또한 말하지 않는 편이 좋겠소 당신에게는 당신만의 어여쁜, 내가 헤아리지 못하는 사랑이 있었을 것이오 세상에 단 하나뿐인 당신만의 사랑이 있었을 것이오

이제 이 서러움은 온전히 나만의 것이 되었소 한때 우리는 서러움을 함께 나누었소 만나지 않고서도 나누었소 당신의 소식이 더 이상 오지 않는 봄이 온다 해도 내게는 오

래 간직한 낡은 마음이 있소 그것으로 족하오 낡은 마음
은 봄에 다시 새로운 마음이 되오

침묵의 기원, 기원의 침묵

조재룡(문학평론가)

조용미의 시는 한결같다. 한결같다는 말은 시인에게 명료하고도 고유한 시적 순간과 고안의 방식이 존재한다는 것을 의미한다. 시인은 그간 몇 권의 시집을 통해, 매우 일관된 세계를 추구해 왔다. 그는 자기만의 정확한 시적 문법으로 자연과 우주, 자아와 타인이 이 세계에 뿜어낸 경이로운 숨결과, 그 숨결 하나하나가 찬란하게 빛을 내며 번져 나간 풍경의 저 기이한 순간들을 포착하기 위해, 낯선 장소들을 자주 방문하였으며, 그곳에서 그는 빈손으로 돌아오는 법이 없었다. 80년대를 마감하면서 등장하기 시작한 다양한 방식의 시적 화자들 가운데 조용미의 자리는 개별 존재들을 자아의 손길로 다독거리면서 투통하는 시선으로 삶의 비의를 찾아 나서고, 세상의 심연을 주시하고자 한 목소리의 탄생에 있는 것인지도 모른다. 순간의 경이와 신비를 기록으로 남기기 위해, 그는 매 순간 백지와 자아 사이에 줄을 하나 매다는 것처럼 보인다. 긴장으로 인해 줄이 팽팽해지기를 기다리고 또 기다리는 시간으로 한 시절을 통째로 사는 일을 어찌 쉽다고 말할 수 있겠는가? 어느 한 순간, 줄 위로, 사선이라 부를 그 줄 위로, 곡예사처럼 뛰어올라, 무거운 사유의 장대를 들고, 보폭을 조절하며, 아슬아슬하게 앞으로 나아가려 했던 자의 두 어깨 위에 내려앉은 오롯한 감각과 붉은 영혼을 무엇이라고 불러야 좋을까. 세계에 내재한, 세계가 감추고 있는, 단일성—총체성—진리의 현현이라는 상징의 시학을 실현하기 위해, 물화의 감각으로, 자기 시의 기원을 명명하려 했던 시도들에서 조용미는 자주 시적 고유성과 제자리를 타진하였다. 자아, 자연, 사물, 세계, 우주, 장소를 감각적으로 녹여 내고, 하나로 녹여지는 순간에 주목하는 그의 시선은, 그렇게 경계를 지우면서, 시적 순간이 서서히 제 모습을 잠시 드러낼 찰나까지 기다리며, 언어의 어지러운 자리를 침묵에로의 용기에 위탁하였다. 우리는 그의 시를 기원을 찾아 나서는 목도와 기다림의 과정이라고 불러도 좋겠다. 흡사 외부, 세계, 우주, 자연이 간혹 웃음을 짓거나 자주 슬픔의 옷을 입고 자아에서 돌올하게 솟아나는, 물아일체의 순간에 대한 추구와도 비슷했지만, 21세기에 여전히 지속되고 있는 이 시어 수집가의 순간에 대한 성찰은 그만큼 고통스런 세계를 통과하고 있다는 자신의 신념 속에서 제 노동의 가치를 망각하려 한 적이 없다. 따뜻한 이성과 단정한 감정이 서로 엇비슷한 무게로 시의 세계, 시라 믿어 온 세계, 시가 도래한다고 믿는 순간을 이렇게 노크한다. 시에 대한, 이르거나 다소 늦은 저 찬사를 살펴보기 위해, 그림 이야기를 할 필요가 있겠다.

사각형의 그림자

어느 날 시인은 전시회를 갔다. 마크 로스코(Marc Rothko)의 작품들이 그를 기다리고 있었다. 이 추상표현주의의 대가가 남긴 작품들을 둘러보다가, 어느 한 작품 앞에서 시인은 발걸음을 멈춘다. 그는 작품을 물끄러미 주시하는 것이 아니라 차라리 꼼꼼하게 읽어 내려는 것처럼 보인다. 사유가 이렇게 촉발되기 시작한다. 어두운 색채로 일관되게 세계를 표현해 온 이 거장이, 제 생을 마감하기 전, 최후의 불꽃을 토해 내듯이 우리에게 남긴 일련의 작품들이 붉은 정념으로 차고 넘치며, 세계를 가득 물들이고 있다. '부활의 시대'라고 명명된 그의 말기 작품들 가운데, 시인의 망막을 비추고 있는 것은 그의 이 수많은「무제」들 가운데, 마지막으로 남긴「무제」(1970, 캔버스에 아크릴, 152.4cm×145.1cm), 그러니까 가로가 조금 긴 붉은 사각형

두 개가 경계를 흐리면서 붉은 배경 저 아래위로 나란히 붙어 있는 작품이었을 것이다.

그 사각형 안에는 수십 가지 뉘앙스의 미묘한 색들이 있다 붉은색만 보려 한다면 붉은색만 보인다 당신이 그 안에 간힌 얼음 같은 붉은색은 아무런 말도 해 주지 않는다

위아래로 붙어 있거나 떨어져 있는 두 개의 사각형, 어떤 사각형도 그렇게 명상적이지는 않을 것이다

주홍색이거나 검은색이거나 짙은 초록이거나 퍼져 나가는 노랑이거나 자주색이거나 군청색이다 때로 서너 개의 사각형이 앞뒤로 겹쳐 있거나 보이지 않는 끈에 묶여 있는 듯 보이기도 한다

붉은 사각형은 우기의 저수지처럼 여러 가지 색들을 다 빨아들였다 그 붉음 안에 동일한 양의 다른 색들이 웅크리고 있다 붉은색 사각형 안에 어른거리는 것들은,

모든 색들의 진정한 기원은 무엇인가

깊은 색을 천천히 뚫고 나오는 나른하고 고요한 밝은 색의 소리들을 다 걷어 내고 나면, 그것은 고요하거나 소란하

거나 적대적이거나 온순하거나 신성한 그저 하나의 둥그스
름한 붉은 사각형

──「붉은 사각형」

아무 말을 하지 않았는데 그림이 내게 말을 건다. 추상
표현주의는 추상의 어느 상태를, 보는 사람의 감각이나 감
정, 사유나 해석과 적극 결부시켜, 감상자에게 주관적인 역
할을 부여하는 과정에서 표현성을 경험의 차원으로 확장
하고 극대화한다. 카지미르 말레비치(Kazimir Malerich)나
호안 미로(Joan Miro)의 사각형과 마크 로스코의 그것이 같
으면서도 다른 이유가 여기에 있다. 전자가 개념의 지적 산
물로 사각형의 예술성에 방점을 내려놓고 고유한 추상성을
추구해 나갔다면, 후자는 거기에 감상자의 감정이라는 차
원을 결부시켜, 추상을 감각적 경험의 산물로 환원하는 데
열정으로 임했다고 하겠다. 저 붉은 사각형은 그렇게 시인
에게 무언가를 잔뜩 머금고 있는 근원이자 기원, 그러니까
모종의 발상지가 된다. "수십 가지 뉘앙스의 미묘한 색들"이
붉은색 안에 모두 들어 있다고 생각한 순간, 시인은 온몸
을 꿰뚫듯 스쳐 간 사유의 한 자락을 붙잡고, 그것을 현실
의 경험, 만물의 원리, 사유의 활동으로 전환해 낸다. 따라
서 그림에 오롯이 바쳐진 이 시는 그 자체로 그림에 갇히는
것이 아니라, 오히려 다른 것을 알려 준다.
　이렇게 말해도 좋겠다. 색은 물질적이다. 색은 이 세계에

속한 것을 사유하게 한다. 그러나 색은 이와 동시에, 물질과 현실 너머의 세계, 우리가 차라리 멀리 있는 존재나 심연이라고 부를 무엇에게도 말을 건다. 왜냐하면 이 붉은색은 단일하기보다는 무언가를 잔뜩 머금고 있기 때문이다. 현실과 물질은 시인에게 이렇게 기이한 풍경으로 다시 태어날 채비를 갖춘다. 붉은 사각형에서 촉발된 이 사유와 그것의 전이 과정에서 자연과 사물과 풍경들은, 경이와 신비를 우리에게 간혹 흘려보내는 재료로 바뀌며, 이 생성 과정은 이미 생성되어 있는 것들이 새로운 감각의 무늬를 입고서 재현될 때, 감각의 사건으로 발화된다. 그것은 차라리 질서에 대한, 아니 질서의 욕망인지도 모르겠다. 하염없이 바라보는 붉은색에서 이상한 세계가 이렇게 열린다. 현실이 차츰 소거되어 가는 가운데, 기이한 풍경이나 기이한 순간에 붙들리는 일이 현실을 뒤로 물린다. 이 기이한 풍경은 제 기이가 분출될 힘을 단아한 사각형의 틀 속에, 형체도 경계도 없이 간직하고 있다. 물끄러미 바라보며 이런 생각을 한다. 그러자 차츰 테두리가 없어지고, 어느 순간 그림의 입이 열린다. 동시에 외부와의 구분이 취하되면서, 현실이라는 평평하고 밋밋한 하나의 판이 사라진 자리에서 돋을새김의 무늬나 문양들과 같은 것들이 하나씩 솟아난다. 밖으로 번져 나가면서 안으로 깊이를 더하는 붉은색의 출렁이는 물결은, 조용미의 시에서 저수지의 색이나 핏빛, 안개나 물의 색조와 조응하면서 세상의 모든 숨결을 일시에 빨아들이는 경험, 그 자체가 현현되는 순간으로 향한다. 따라서 "모든 색의 진정한 기원은 무엇인가"라는 물음은 사실상 조용미의 시를 관통하고 있는 커다란 하나의 물음을 말해 주고 있으며, 그 여정과 추이를 추적하게 만든다. 이 "모든 색의 진정한 기원"은 현실의 다양하고 기이한 풍경에서 잠시 엿볼 수 있는 저 비의의 생성지, 그러니까 우주의 원리나 아름다움의 근원이기도 하기 때문이다. 로스코의 말처럼, 그는 그림을 "경험에 관한 것이 아니라 경험 그 자체"로 실천하는 일에 열중하며, 삶의 신비나 경이로운 순간을 통해, 세계의 질서와 근원에 대한 탐색을 실현하는 데 집중한다. 따라서 그의 시에는 사실 '현실'이라 부를 만한 것이 없다. 현실은 오롯한 사유의 뒤편으로 하나씩 소거되거나, 그 자리 대신해서 차오르는 기이한 풍경으로 남겨질 뿐이기 때문이다. 그렇다면 이 세계의 모든 것들을 벌써 머금고 있는 잠재성의 산물이자 무언가를 비추는 그림자일 뿐이라는 것인가?

안개 속에서 갑자기 그림자가 나타났다
태양은 뒤에서 속삭이고 있다

빛이 안개 속으로 들어가 사람이 되었다
무지개가 어렸다

그림자는 나의 건너편에 있다
저것이 내 모습이라는 것을 어떻게 믿을 수 있나

나는 항상 내 몸과 함께 묶여 있었으니

괴이한 것들은 늘 건너편에 있다
브로켄의 요괴,

이쪽으로 건너오려 한다
안개가 걷히고 나면 사라지는 그림자

내 그림자는 나와 떨어진 곳에 홀로 서 있다
그 거리가 중요하다

안개가 걷혀도 나는 사라지지 않는다
내 몸의 그림자들만 우글거린다

　　　　　　　　　　　　　　　　　—「그림자 광륜」

　내가 있다. "나는 항상 내 몸과 함께 묶여 있"다. 이 세
계는 무언가의 그림자로, 그 형상들로, 진리를 한차례 모방
한 산물로 가득하다. '나'라는 존재도 마찬가지다. 본질을
보지 못하거나 그것이 가능하지 않은, 나를 자주 어지럽히
는 것은 감각의 주인, 저 몸이다. 세계도 나도, 본질은 그

림자로 존재할 뿐이다. 몸이라는 감각의 화신이 오롯한 질서 속에서 펼쳐졌던 적도, 오롯한 질서를 보장했던 적도 없었다. 눈부신 빛이 안개에 가려지자, 무늬처럼 형상이 사람의 모습을 한다. 그림자가 사방에 번져 난다. 나는 그 순간들을 본다. 그것은 괴이한 모습으로 재현된 나의 형상이며, 동굴에 갇혀 저 너머를 보지 못해 시야로 불러들인 본질의 그림자, "늘 건너편에 있"는 것의 복제물이다. 본질과 형상이 하나가 되는 것은 편견이 사라질 때, 그러니까 "안개가 걷히고 나면" 가능할, 그러나 오로지 한순간의 일이다. 이 순간은 "내 그림자"가 "나와 떨어진 곳에 홀로 서 있다"는 사실을 주시하게 되는 순간이며, 내 존재의 '있음'이 복제된 상태에서 풀려나와 잠시 현현되는 순간이기도 하다. 시인의 눈길이 향하는 곳은 바로 이 순간을 가능하게 하는 기원, 나의 뒤에 존재하는, 나의 너머에 있는, 지금——여기를 초월한 곳이다.

제대로 보이지 않는, 획 획 지나가는 것들이
내용도 없이 나타난다.
까마귀들이 붉은 눈으로 내 뒤의 세계를 바라본다
——「적목」에서

모든 것이 반복되어도 생은 아름답구나,

여러 생이 모여 높고 낮고 넓고 깊은 하나의 흡이 이루어질 것이므로

새는 천 년을 살다 죽을 때가 되면 악곡을 연주하며 열락의 춤을 추다 불 속으로 뛰어든다 그 재에서 한 개의 알이 생겨나 다시 생을 받게 된다

그 새는 다시 무엇이 되지 않는 불사조이니 불사는 아름다움과 멀어지는 불행이므로
봄은 계속되지 않았다

마음이 아득하면 머무는 곳도 절로 외지게 되니 당신의 거처 또한 묘연하여 물소리 깊고 구름이 높았다
──「당신의 거처」에서

기이한 풍경이 역사를 바꾸었다 기이한 풍경이 오래 나의 정신을 점령했다 기이한 것들이 자라나 손발이 되었다 기이하고 기이한 풍경이 우리를 신비롭게 했다 거기서 우리는 문득 태어났다
──「기이한 풍경」에서

그곳은 자연이 간혹 이상한 눈길을 흘려보내거나 신비한 목소리를 잔뜩 머금는 "내 뒤의 세계"이며, "한 개의 알

이 생겨나 다시 생을 받게"되는 곳이다. "여러 생이 모여 높고 낮고 넓고 깊은 하나의 흡"을 이루어 내는 세계이며, "저 풍경을 장악할 수 있는 힘"(「적목」)이 한없이 뻗어 나오는, "당신의 거처", 그러니까 이 세계의 신비를 모두 알고 있는, 만물의 조화와 세계의 비의가 하나로 붙들린 진리의 근원인 것이다. 그러니까 세계에 존재하는 모든 것들이 "모두 한 방향"으로 "일제히 한 방향을 바라보고 있"(「검은 머리물떼새」)는 태초의, 저 기원 같은 곳이다. 간혹 이 세계에 오직 그림자의 형상으로만 제 도래를 징조처럼 흩뿌리며 예고하는 애초의 장소, 그렇게 살짝 열리는 순간의 틈으로만 제 빛을 흘려보내는 어두운 점 하나라고 해도 좋겠다. 기이한 풍경과 그 풍경의 무늬들로 잠시 빛나는 곳, 그렇게 생의 어느 순간, 문득 걸음을 멈추고서, 넋을 놓고 바라보거나, 그럴 수밖에 없는, 시간도, 삶도, 인간의 활동도 모두 정지되는, 경이가 솟아나는 곳, 알 수 없지만, 신비가 스쳐 지나듯 아주 짧게 질서의 본질을 풀어놓는 곳이다.

이른 아침 소소리바람을 헤치고 그곳으로 달려간다 왜 꼭 거기로 가야만 하는가 한 번도 가 본 적 없는 곳이 꼭 모르는 장소여야 하는 건 아니다
　그런 곳이 아주 드물게 없지 않았으니 거길 가야만 한다는 것만 알겠다

자석에 끌려가는 쇳가루처럼 손발이 그리로 뻗는다 지금
까지 거기 가지 않은 이유 또한 알 수 없다
　그곳에서 나는 그저 바라보기만 하면 될 것이다 경이로운
이 지상의 모든 빛들을

　여러 가지 아름다운 색을 가진 구름이 낮게 드리워져 다
리에 걸리며 떠다닌다 해도
　반은 어둡고 반은 환한 꽃나무가 우두커니 몇 백 년을 서
있다 처음 꽃을 피워 올린다 해도

　우리는 같은 것을 보지 못하겠지만, 같은 시간을 겪지도
못하겠지만
　새들이 날아간 허공 어디쯤 우리의 눈빛이 잠시 겹쳐지는
일도 없겠지만

　그저 감각하기만 하면 되는 것이다 그곳의 멈추었다 미끄
러지는 모든 시간들을
　순간이 모든 것을 좌우하는, 순간이 아무것도 아닌, 기이
하고 아름답고 무서운 그런 풍경을
──「풍경의 귀환」

　"경이로운 이 지상의 모든 빛들"이 생성되는 기원은 어
디인가? "미끄러지는 모든 시간들"과 "순간이 모든 것을 좌

우"하지만 그럼에도, 저 순간들조차 "아무것도 아닌" 것이 되어 버리는 "기이하고 아름답고 무서운 그 풍경"을 목도하기 위해 시인은 투시자가 되어야 한다. 아니 이러한 풍경이 현실에서 얼마나 자주 열리는 것이며, 예감으로는 충분하지 않은 감각의 대상이 되어 어지러운 기운 속에서 현상되는 것인가? 동굴에 갇혀 있는 자들에게는, "같은 것을 보지 못"하는 자들에게는 보이지 않을 저 찬란하고도 무서운 순간들을 목도하기 위해, 시인은 무엇을 하는 것이며, 왜 그렇게 할 수밖에 없는 것인가? 분명한 것은, 순간의 목도는 이성적 앎에 위탁된 임무가 아니며, 성찰로 다가갈 수 있는 깨달음의 열매도 아니라는 것이다. "그저 감각하기만 하면 되는 것"이라는 말에는, 그럼에도 감각에 대한 일방적인 예찬이 아닌, 현실에 존재하는 모든 것들, 저 온갖 것들이 진리의 껍데기에 불과하며, 이데아의 카피라는 인식이 자리한다. 조용미의 시에서 서로 대비되는 두 개의 양상이나 현상이 세계의 질서를 구축하는 중요한 요소를 이루는 것은 따라서 우연이 아니다.

두 개의 세계, 하나의 질서

이 두 가지는 가령 안과 밖, 자신이나 타인처럼 추상적인 차원의 이분법이나 "명과 색"(「흰 독말풀」)이나 "내용과 형식이 일치해도 일치하지 않아도 매번 기시감과 미시감 사이에서"(「압생트」) 출몰하고 사라지기를 반복하는 두 개의 형상들처럼 감각적 차원의 두 극단을 말하기도 한다. 또한 "뒤죽박죽인 이 세계의 선과 악"(「시디부사이드」)이나 "언어의 이중구조 안에 갇혀 버린"(「침묵지대」) 모든 것들처럼, 개념적이고 언어적인 차원의 두 가지 양상으로 나타나기도 한다. 중요한 것은 이 양자의 화해가 가능하지 않거나, 애당초 그럴 수밖에 없으며, 그럼에도 서로 등을 돌려 어긋났다기보다는, 세계를 구축하는 두 가지 가지런한 질서를 구성한다는 점이다. "우주의 운행은 저 두 개의 심장이/ 고요하게 그러나 강력하게 뛰는 우리가 들을 수 없는/ 먼 북소리 같은 것"(「두 개의 심장」)이다.

　이 두 가지 항 사이에 존재하는 수많은 파편들에 대해서도 시인은 제 사유를 거두어들이지 않는다. 그러나 파편화된 것들의 상세한 양태나 파편화의 과정, 그러니까 우리의 삶에서 저 파편처럼 존재하는 것들이 겪어 내는 남루한 감정들이나 삶의 질척한 고랑을 무시로 들고 나는 고통스런 얼굴이나 일그러진 모습에는 주목하지 않는다. 조용미의 시학이 이를 허용하지 않는다고 할까? 이는 보다 원대한 차원에서 빚어진 모종의 질서를 거기에서 읽어 내는 데 전념하거나, 찰나와 같은 순간을 추수하는 데 시 세계의 요목들을 붙잡아 두고 있기 때문인 것으로 보인다. 따라서 아주 명백한 두 가지, 가령 "명색 있으면 식이 있고 식이 있으면 명색 있다"는 전제의 공고함을 그는 자연스러운 이 세계의 질서로 받아들이며, 더구나 이 명(名)과 색(色)이 각기 다른 짝이 되어 하나를 이룰 때조차, '식(識)'의 세계가 명료하게 구분되어 이 두 가지 질서를 조율한다.

조용미는 이 두 가지 상이한 항(項) 사이에 존재할, 수많은 파편들의 삶을 언어로 받아 내는 것이 아니라, 관찰과 주시를 통해 오히려 파편 자체의 질서화를 추정하거나 도모하는 데 주력한다. '명'과 '식'을 비롯해, 두 개의 대립 항은 조용미에게는 결국 일체를 이루는 각각의 요소들이며, 그렇게 저 기원에서 비롯된 현상이자 그 현상의 일시적 파노라마이기 때문이다. 따라서 "명색이 있다 있다 없다 없다 있다 없다"(「흰 독말풀」)처럼, 있음과 없음, 생과 사, 탄생과 소멸, 유와 무는 서로 화답을 하면서, 각각의 성질을 그대로 보존한 채, 우리 앞에 나타나는 일련의 현상처럼 제시되며, 그 과정에서 세계와 우주의 저 이치가 자연현상 속에서 진리의 징조처럼 잠시 풀려나올 뿐이다. 이분법에 대한 이와 같은 지지는 우주의 질서가 두 개의 대립되는 힘으로 이루어졌다고 생각하기 때문에 갖게 된 것이다.

내가 보고, 내게 보이는 것들
내게로 와 내 눈에만 살며시 보이는 헛것들

속삭이며 귓속을 울리는 내 것이 아닌 이 숨소리들

나의 감각이 구축한 튼튼하고 허약한 세계
내가 설계한 기이한 건축물

나는 죽을 사람을 보고 당신은 죽은 사람을 본다
나는 빛의 어둠을 보고 당신은 암흑의 광휘를 뽑아낸다

나는 침묵의 굉음으로 아프고
당신은 소리 없는 곳에 산다

능소화를 밟고 여름을 지나온다
독이 많은 꽃들이 피뢰침처럼 피어난다

노랗고 붉은 큰 꽃들의 목이 다 비틀어져 있다
　　　　　　　　　　　　　──「나의 사랑하는 기이한 세계」

　말하자면 시인은 현실을, 이 두 가지 항들이 이질적인
형태로 웅크리고 있는 일종의 잠재태로 인식하고 있다고
해야 할지도 모른다. "내가 보고, 내게 보이는 것들", "침묵
의 굉음"이 울려 나오는 세계, "튼튼하고 허약한 세계", "빛
의 어둠"과 "암흑의 광휘"가 공존하는 세계, 다시 말해, 시
인에게는 현상과 기원, 표면과 심연, 여기와 너머, 순간과
영원, 자아와 우주, 이승과 저승, 타인과 나, 기시감과 미시

감, 죽은 자와 산 자, 없어지는 것과 돌아오는 것, 음과 양, 창조와 소멸처럼 열거할 수 있는 모든 종류의 두 가지 대립되는 현상으로 세계가 이루어져 있다. "내가 설계한 기이한 건축물"에서는 파편들조차 두 가지 항에서 비롯된 것으로 인식된다. 파편들, 가령, 어느 절에서 파도 무늬의 와편(瓦片) 한 조각을 손에 넣었을 때조차, 그는 가루가 된 그것보다는, 그 가루가 견뎌 냈을 세월과 시간과 운명을 짐작하는 매개처럼 집어 들어, 결국 이 와편의 원형, 즉, 본(本)을 그려 보고, 사물의 이치에 대한 깨달음을 "습득"(「습득자」)하는 데 몰두한다. 두 가지가 일체를 이루는 세계에서 빚어진 모든 일부와 조각은, 일자(一者)라고 할 저 기원의 흔적을 침묵하는 모습으로 고요히 간직하고 있는 것이다. "말을 거는 창문과 침묵하는 창문", "각각 다른 크기와 모양의 모든 창문들이/ 완벽하게 조화를 이루고 있"(「저녁의 창문들—베네치아」)는 풍경이 그의 시에서 오롯해지는 것이다. "집은 밤마다 물의 화폭에 휩싸"일 때, 나는 "벽에 새기는 물의 부조들을 맞은편 창에서 내려다"보는 일을 한다. 형태가 없는 것들이 감정을 부여받는 순간, 높이 솟아오르는 모양들, 피조물인 우리, "창안"에 갇힌 우리는 "몸에 물의 무늬가 드는 것도 모르"는 채, 시인의 밝은 눈에 의지해서 그 상태를 통보받을 뿐이다.

현현의 순간

이렇게 그는 "부수어진 아름다운 것들을 치우지 말자"(「거울」)고 말한다. 세계에서 파편으로 존재하거나 훼손된 것들은 그에게 참혹하지 않다. 그렇다면 부서진 것들, 상실한 것들, 훼손된 것들은 왜 아름다운가? 물에 잠긴 창문들, 꺾인 꽃들, 불타 버린 나무는 일그러진 제 모습 뒤에서, 상실한 제 모습을 통해서, 원형의 질서를 사유하게 해 주기 때문이다. 그러니까 오로지 제 질서를 상실했거나 아직 찾지 못했을 뿐, 어느 본질에서 떨어져 나온 한 조각이거나, 피고 지기를 반복했을 실체를 잠시 상실하여 꺾인 꽃, 가지와 줄기와 잎을 모두 잃어버린 저 불타 버린 나무이므로, 파편이나 부분으로 존재하는 세상의 모든 형상들은, 모종의 섭리 하에 빚어진 것이며, 적어도 그 흔적을 간직하고 있는 것이다. 일부일망정, 어느 순간에 제 존재의 찬란함을 뿜어낼 줄 안다면, 그것은 오히려 훼손되거나 침투된 시간, 안개로 뒤덮이거나 물에 잠겼을 때, 눈부신 빛으로 제 형상이 비추는 순간, 그렇게 기이한 풍경 속에 놓일 때인 것이다. 이 순간, 그러니까 존재가 현상에서 벗어나 제 '있음'을 고지하는 순간을 좀 더 살펴볼 필요가 있겠다.

사이프러스가 우뚝 서 있는 언덕과 돌로 견고하게 쌓아올린 긴 벽 사이에서 멀리 풍경화의 소실점을 알려 주듯 수도

사가 나타났다

──「매듭」에서

이 악기의 이름은 무엇인가요
누군지 모를 어떤 사람을, 오래전 잊은 어떤 말을
감추어 둔 어떤 마음을
그것이 무엇인지도 모르는 채
이 낯선 도시에서 문득 만나게 된 거예요
당신은 이 악기와 조금도 어긋나지 않고 하나이군요
내게 이 악기의 이름을 말해 주겠어요
당신은 왜 이 머나먼 곳의 거리에서
곧 져야 할 목이 긴 분홍 장미 옆에서
다른 악기도 아닌 루트를 연주하고 있나요
당신은 아주 춥고 아름답고 먼 나라에서 여기까지 오게
되었군요

──「그 악기의 이름은」에서

부러진 뼈를 통해 그가 이룬 것은
단지 세상으로부터 잠시 잊혀진 것,
이 도시에도
부러진 뼈가 구축한 계단들이
까마득히 올라가고 있다

──「부러진 뼈」에서

서서히 앞에 나타나, 차츰 모습을 드러내며, 무언가가 당도하는 연차적인 순간을 시인이 주목하는 이유는 그것이 바로 현현의 순간이기 때문이다. 진리가 반짝거린 후 다시 사라지는 순간이자, 삶이 은폐하고 있는 신비와 고통의 원인이 알아들을 수 없는 신호로 여기에 통보된 후, 다시 흩어지는 순간이자, 시적인 것이 잠시 솟아나는 순간이기도 하다. 기원이, 진리가, 조각처럼, 기이한 풍경처럼, 기이한 풍경의 사건처럼, 현현하는 순간, 세계에 너부러진 저 부수어진 조각들이, 세계의 본질과 진리를 고지하는 것이다. 조각과 조각을 잇고 있는 운명이나 계단과 계단을 밟고서 점점 다가오는 추이를 기록하는 일은 지금──여기에서 짐작하기 어려운 것들, 가령 세계라는 원뿔의 가장 위 저 꼭짓점 하나를 읽는 일, 세계라는 제단 위로 켜켜이 쌓여 차츰 높아지는 하나의 점을 바라보는 일이거나 "끝없이 출렁이는 저 푸른 껍질 한 장을 핀셋으로 집어 올려 거대한 벽에 걸어 두"(「표면」)려는 시도, "보랏빛 그늘이 섞인 어둠 속에서 눈부심의 뒤편에서/ 호흡할 수 있는 연약한 것들의 숨결"(「소리의 음각」)을 들어 보려는 행위와도 흡사하다.

　　도래의 순간은 눈이 부시다. 볼 수가 없고, 읽을 수가 없으며, 들을 수 없고, 숨을 쉴 수가 없다. 그 순간은 "명왕성 너머에 있는 먼 곳"이나 "먼지와 얼음의 띠"에서 시작된 "최초의 무언가"가 도래하는 순간이거나, "오르트구름으로부터 여기로"(「내가 사람이 아니었을 때」) 오고 있는 타인에게

서 뿜어져 나오는 아우라가 잠시 삶에서 검은 숨결을 뿜어내는 순간이기 때문이다. 심연을 목도하고, 광막을 현시하며, 단순한 물리적 거리와 깊이를 취하는, 그야말로 기이한 순간, 현상이 잠시 본(本)을 움켜쥐는 순간이기 때문이다. 그렇게 "언제나 흔들"리는 "과녁"이 잠시 조준되는 순간을 포착하기 위해, 시인은 항상 "언어를 장전하고 있"(「묵와 고가의 모과」)는 것이며, 이 일은 "언제나 침묵하고 있는 죄"에서 비롯된, 그러니까 시인이 자신에게 처벌로서 가한 모종의 운명과 같다고 해도 좋겠다. 중심은 항상 흔들리는 중심이다. 아니다. 흔들리는 것은 중심이 아닐 수도 있다. 중심이란 유일한 하나의 점으로 수렴되는 질서나 그러한 이치를 담보하고 있기 때문이다. 흔들리는 것은 그것을 바로 보지 못하는 우리, 우리의 감각, 우리의 인식일 뿐, 기원과 중심은 도무지 말이 없으며 흔들리지 않는다. 사유할 수 있다고 해서, 추정이 가능하다고 해서, 현실에서 모습을 나타내는 것은 그러니까 중심이, 기원이, 진리가 아니다. 중심이나 기원, 근원이나 진리는, 오로지 순간적 징후로만 감지될 뿐이며, 기이한 풍경 속에서만 솟아날 뿐이다. 조용미에게 시인이란 제 맑은 눈을 들어 이 진리의 징후를 읽어 내고 그 형상을 포착할 줄 아는 자, 그것의 그림자를 더듬어 나가며, 일자(一者)를 사유할 감각과 재능을 갖춘 자이며, 수도사가 여기로 천천히 걸어오듯, 도래의 순간, 순간이므로 또한 사라질 순간의 현현을 목도할 줄 아는 자이다. 조용미의 시에서 자주 목격되는 부사와 지시형용사(특히 '저')는 이 순간을 보다 생생하고 갑작스러운 사건으로 환원하는 데 기여한다. 순간의 도래는 그의 시에서 갑작스러우면서도 아늑한 깊이를 갖는다.

> 이 세상의 모든 덩어리는 출렁이고 접히고 또 출렁이는
> 질료였다 아무것도 끝이 없다
> 우리는 각자 죽을 때까지 고독할 수 있다 표면은 덩어리이고 덩어리는 심연이다
>
> ──「표면」에서

자연은 표면이라는 옷을 입고 있다. "저 나무는 어두운 내면을 초록으로 오래 위장해 왔"으며, 저 나무의 심연을 "순식간이어서 보지 못했다"(「나무들은 침묵보다 강하다」)고 시인은 말한다. 나무는 기원을 폭로하거나 진리가 유출되는 자연의 상징이다. "초록"은 현상이자 표면이며, 지금─여기에 일시적으로 나무에 입혀 있는 거짓 형상일 뿐이다. 시간이 지나면 사라질 것이며, 영원과는, 불멸과는 거리가 먼, 그러니까 덧없고 무르며 세속적인 단 한순간에 붙잡힌 헛것일 뿐이다. 이에 비해 나무의 어두운 내면과 심연은 나무라는 존재의 본질이며, 기원─너머에서 영원히 거주하는 인과의 씨앗이다. 시인은 "하늘과 땅을 이어 주는 시퍼런 길" 위에서 "검은 초록의 터널"을 지나오며, 심연과 존재

를 맺어 줄 수 있다고 믿는다. "저수지 쪽으로 뿌리를 옮기고 있"는 저 "물가의 풀"이 "똑같은 간격" 속에서, "모두 정확하게 저수지를 향하고 있"(「저수지는 왜 다른 물빛이 되었나」)듯이, 세계는 하나의 질서 속에서 탄생하였고, 단지 눈이 밝지 못한 우리는 그것이 감추어진 장소를 찾아내지 못하며, 그 순간을 제대로 주시하지 못할 뿐이다. 시인은 그 컴컴한 일자, 보이지 않는 일자의 유혹, 비밀의 신비를 캐기 위해, 심연 속으로, 모든 원리를 머금고 있는 저 침묵하는 기원을 항해, "저렇게 검은 물빛이라면, 원치 않아도 걸어갈 수 있는 사람"이며, 이렇게 자주 이방인의 운명을 겪어 내었어야 했을 것이다.

> 어둑하고 축축하고 우울하도록 아름다운
> 이 도시에서 가장 잘 어울리는 사건은
> 무엇일까
>
> ———「이방인」에서

> 으으스한 경보음이 울리는 밤이면
> 그는 밤마다 이 도시에 와서
> 뜻하지 않은 죽음을 맞이하게 되는
> 사람들의 이야기를 읽는다
>
> 몇 시간 후면 도시 전체가 물에 잠긴다

물이 문을 막고 있다
물을 꺾어 버리려면 문을 확 열어야 한다
물을 물리치려면 물을 들여놓아야 한다
지붕의 붉은색이 더 깊어졌다

천천히 수위가 올라간다

집밖을 나서려면 무릎 위까지 올라오는
긴 장화와 홀린 마음이 필요하다
철벅철벅 물을 끌며 걷는 저 사람은
오늘 밤 이 도시를 떠나려 했다

어둠은 벌써 바닥이 보이지 않는다.
　　　　　　　　　　　─「물에 갇힌 사람」에서

　세계가 물에 잠기며 서서히 어룽지고 있다. "어둠은 벌써 바닥이 보이지 않"으며, 컴컴한 구멍에서는 일자가 희미하게 빛을 내고 있다. 저녁의 창문에 안개가 스며들거나 물기가 촉촉해지면, 사물에, 사물을 보는 우리의 눈에 감정이 생겨나고, 풍경이 기이한 모습을 뿜어내기 시작하며, 본질을 은폐하고 있던 눈앞의 현상이 조금씩 제 빗장을 풀어 헤치기 시작한다. 저녁의 창문에 서린 물기와 안개는 기원과 접사될 수 있는 순간을 시에 예고하는 매개처럼 기능한다. 유동하는 액체가 세계를 적실 때, 단단한 현상이 조금씩 본질을 조금씩 드러내기 때문이다. 안개나 물은 휘발되기 때문에, 그렇게 금방 사라지기 때문에, 순간을 들어 올릴 자격을 갖추고 있는 동시에 순간을 곧 상실하기도 한다. 순간은 가령, "아카시꽃이 젖어 창을 열어"(「빗소리 위의 산책」) 둘 때, "빗소리가 방을 녹"이기 시작할 때처럼, 안개가 가득하거나, 물이 차오르는 상태에서 기이한 세계의 도래를 예비하는 것이다. 시인은 "기침이 다시 시작되었다"(「이방인」)는 말로, 순간에 들이닥치고, 엄습하는, 저 지속적이고 간헐적인 현상의 특성을 강조하면서, 순간과 순간의 현현을 몸으로 붙잡거나 눈을 들어 주시하려 한다고 말한다. 이런 상태에 붙잡히는 것은 오로지 이방인(異邦人)의 몫이며, 이방인이 오로지 기이(奇異)한 풍경을 목도할, 불멸의 눈을 가지고 있다고 그는 믿는다. 현실의 "막다른 골목"(「물에 갇힌 사람」)에서 그는 무엇을 보려 하는 것이며, 무엇을 이야기할 수 있다고 믿는가? 이방인——시인, 저 이(異)의 사도가 가장 즐겨 하는 것은 산책이다.

　　나무다리 아래에서 나를 기다린 거냐
　　이 다리를 건너 저 골목으로 들어가 왼쪽으로 꺾으면
　　내가 좋아하는 장소가 나온다는 걸 너는 알고 있는 거냐
　　너는 내가 두렵지 않구나

내 안의 너와 같은 무엇을 보았구나

그런데 왜 자꾸 길을 막는 거냐

네 눈빛이 무얼 말하는 건지 모르겠다

이 도시에서 고양이는 네가 처음이구나

죽은 자들에게도 마음이 있어

저 건너편 바다의 묘지에서 뭐라고 너와 내게

자꾸 시비를 거는 것이 정녕 느껴지는 거냐

자정의 낡은 나무다리 위에서

나는 왜 네게 이런 말을 하는 것이냐

나는 먼 나라에서 온 이방인

누구에게도 비밀을 발설하여서는 안 되는 거다

너는 다리 위의 고양이,

나는 다리를 조용히 지나가는 산책자

오늘은 네가 이야기를 청하기에

조금 더 많이 머물렀다

내가 하는 말을 알아듣기는 하는 거냐

우리는 오늘 밤 다리 위에서

다정한 비밀을 나누어 가졌다

— 「다리 위의 고양이」에서

조용미의 시에서 산책이나 도보는 거개가 기원을 확인하

거나 기원의 순간을 목도하는 데 바쳐진다. 세상의 비밀이나 우주의 섭리를 "다정한 비밀"처럼 고양이와 나누어 갖기도 한다. 말하지 않는 대상에게 말을 거는 것은, 그러니까 산책 중 어느 한순간 붙들려, 자신의 내면에서 움터 온 자각이나 깨달음을 발화한 것이라고 해야 하겠다. 산책은 어디에서나 이루어지지만, 타국이건, 동네의 골목이건, 물 위의 수초건, 자연의 산물이건, 마주하는 대상들은 "한결같이 말이 없어서 고독한 이방인에게 도움이 되지도 방해가 되지도 않았다"고 시인은 고백을 한다. 산책은 이렇게 스스로 묻는 과정을 대상에서 만들어 내고 그 순간을 찾아 나서는 일에 헌정된다. "나는 어떤 유연관계로 묶여 있는 걸까"와 같은 의문을 통해, "내가 만들어 낸 헛것"을 이방인은 분명히 보거나 볼 수 있다고 믿고 있다. 나만 보는 무엇, "다른 사람들의 눈에 보이는 것 같지는 않"(「베네치아 유감」)은 무엇, 내가 투시자가 될 때 시야로 포착이 가능한 것, 오로지 이방인이기에 볼 수 있는 기이한 순간들, 그 순간은 기원이 머금고 있는 침묵 사이로 무언가가 흘러나오는 순간이다. 현현의 순간, 진리가 도래하는 저 찰나는, 이렇게 말의 발화에 제 처소를 마련해 주는 것이 아니라, 만물에 입혀진 무늬를 두 눈으로 보게 하고, 듣지 못하는 미지의 소리를 자신의 귀에 들게 하는 일에 전념하면서, 잠시 가능한 무엇으로 환원되어 나타날 뿐이다. 그렇게 "얼음 아래로 흐르는 물이 무늬를 만들며" 이동하거나, "햇빛에 무늬가 꿈틀거”(「주천」)리는 모습이, 세계라는 평면 위에 “우뚝한 존재감”(「난만」)으로 살짝 돋아 있는 부조와도 같은 현상들이, 시에서 말을 점령하고 침묵을 생성해 내는 것이다.

산책은 따라서 걷기 위한 산책이 아니다. “이 공기에는 어딘가 규칙적이고 질서정연한 모래알들이 숨어”있다고 믿는 자에게 산책은 무언가를 발견하기 위해 착수한 물리적 이동이자, 시선의 창을 열고 닫기 위해 내딛은 단순한 발걸음일 뿐이기 때문이다. 파편처럼 흩어져 있는 모래에조차, 모래알과 모래알 사이조차 모종의 질서가 자리할 것이라 생각하는 시인에게 산책의 시간은 차라리 명상의 시간이며, 기원의 도래를 꿈꾸며, 우주의 신비를 헤아려 보는, 그러한 순간을 맞이하기 위한 기다림의 순간과 가깝다. 발걸음을 떼는 일보다 시선을 이동하며, 관조하는 행위가 조용미의 시에서 보다 중요한 까닭이 여기에 있다. 사유를 활성화하는 데 바쳐진 저 거리에서의 분주한 움직임 대신, 그는 침묵으로 가득한 세계, “용암 같은 침묵이 장전되어”있으며, “얼음 같은 침묵이 장전되어 있는” 세계, 돌올한 상징들이 침묵에게 무늬를 새기며 비의를 통보하러 기이한 신호를 흘려보내는 순간을 보고자 한다. “내 영혼을 흔들어 놓은 풍경들”(「풍경의 온도 −굴업도」) 속에서 “당신과 내 몸에 묻어 있”는 “보이지 않는 빛들”(「젖은 무늬들」)을 “쉬이 들키지 않는 정교함”으로 그려쥐려 하는 시도가 바로 이방인이 나서는 산책의 목적인 것이다. 침묵은 언제라도 진리의 목소리를 흘려보낼 것만 같고 울음을 터트리거나 웃음을 지어 보일 것만 같다. 그렇게 "아름답고 비루하고 쓰라리고 신비한 이 삶"에서조차 "부재하는 실재"(「구름의 서쪽」)에 닿을 수 있다고 시인은 믿는다. 그렇게 바로 여기서, 침묵이 머금고 있는 것들을 잠시 깨트리거나 그것들이 깨지는 순간을 활자로 기록하면서 그는 질서의 기원을 잠시 소급할 수 있다고 재차 믿는다. 바로 이 세계는 시가 거주할 세계이며, 시라는 행위를 통해, 세계의 경이와 신비의 질서를 고지할 운명을 시인이 떠맡고, 현상에 가려진 진리를 목도할, 그와 같은 순간을 시인은 체현하고자 하는 것이다.

아아, 지고 있는 꽃들이 나를 들어 올린다 어디로 데려가고 싶은지 얼마나 자주 이곳으로 끌어올릴 건지 말줄임표처럼 내 곁으로도 오고 마을 아래로도 가고 산 너머로도 가고 우주 너머 몸을 너머 그 먼 곳으로도 가려 하는 꽃잎들아

어지러워, 이제 그만 나를 놓아 다오 몸살이 나듯 신열이 돋아나고 있다 여기 이 화엄 언덕 아래의 작은 슬픔은 얼룩같아 보기에 좋지 않구나 이렇듯 뜨거운 몸이 되려고 나 여기 왔나 아아 열꽃이 붉게도, 붉게도 피어나고 있다
                                                    ──「상리」에서

비밀의 무늬, 시인의 몸에 새겨진 저 시적인 것의 현현이

이렇게 기록된다. 그는 기이한 세계로 간다. 저 너머에 있는 무엇의 현존을 수행하는 "뜨거운 몸이 되려고" 그는 시인이 되었는지도 모른다. 그렇게 해서 그는 "이곳에 발붙이고 있어도 늘 저곳을 향하고 있는 마음"(「봄의 묵서」)의 소유자가 되었을지도 모른다.

침묵의 지대들

"삐걱, 침묵의 한가운데서 고요히 얼음이 갈라"(「주천」)지는 순간, 일자의 저 흔적들에서는 빛이 새어 나오고 신열이 번져 간다. 현현하는 것은 아름다움이 아니다. 아름다움의 절대라고 해야 하기 때문이다. 꽃이 아니다. 꽃의 이데아라고 해야 하기 때문이다. 지금──여기의 생이 아니다. 세계의 저편에 있는 질서, 우주의 저 먼 곳, 암흑처럼 웅크리고 있는 한 점의 도래라고 해야 하기 때문이다. 내 안으로 짓치고 들어와 나를 일깨우는 타자가 아니다. 내 바로 앞에, 죽음으로 혹은 생으로 존재하는 묵묵한 타인이라고 해야 하기 때문이다. 그것은 말이 아니다. 순간을 주시하는 힘에서 솟아오른 말의 무늬들과 부조들, 말의 형상들이라고 해야 하기 때문이다. 폐허가 아니다. 차라리 상실이 은폐하고 있는 성스러움이라고 해야 하기 때문이다.

목 없고 팔 없고 코 없고 다리 없는 것들은

　목을 베어 내고 팔을 떼어 내고 코를 잘리고 다리를 빼앗
겨서

　우뚝한 존재감을 갖게 되지

　그 자리에 돋아나는 초록의 폐허를 쓰다듬어 보네

　당신 없이, 당신을 떼어 내고, 당신을 빼앗기고

　당신이 부수어진 자리마다

　빛나는 당신,

　몸통만 남아 그대로 당신이 되는

　머리 없고 팔 없고 눈 없고 귀가 없이

　그대로 더욱 강력해진 당신을

　나는 바라보네

　아주 긴 생을 출몰귀관하는 저 꽃들,

─「난만」

　"당신"은 그렇게 일자, 그러니까 꽃의 이데아, 꽃이 흐드
러지게 피어난 저 애초의 형상이자, "빛나는" 진리이며, 망
가지고 부수어질 때만, 상실을 경험했을 때만, 망가지고 부
수어지고 상실한 만큼을 빛으로 뿜어내는 저 본(本)이다.
우리는 고작해야 이 원형의 그림자만을 현실에서 볼 뿐이
지만, 저 꽃이 진 풍경에서 시인은 꽃의 질서, 꽃의 형상,
꽃의 생을 통째로 쥐고 있는 기원, 그러나 현실에서 침묵하
고 있는 기원이 현현하는 일순간을, 일그러진 꽃, 잘려 나

간 꽃에서, 모든 걸 다 빼앗긴 꽃에서, 본다. 성스러움이 이렇게 시에 잦아든다.

침대 밑 가장 구석진 곳에 둥글게 모여 있는
민들레 씨앗 같은 먼지들의
외로움을 생각해 본다

열 개의 태양이 기억하고 있는
우주란 어떤 곳일까

내가 감각하는 나는 열 개의 태양이
기억하는 각각의 우주,

감각의 극지는 감각을 기꺼이 닫는
서늘하고 뜨거운 곳

몸이 나의 정신과 한 치의 빈틈없이 꼭 들어맞는 곳

가자, 우주의 기억을 되찾기 위해
무성한 기억의 숲으로
몸을 데리고 들어가 보자

별이 내뿜는 빛들을 먼먼 우주의

어느 한 점에서 바라본다는 건

별과 내가 아주 커다란 한 집에 산다는 것,
별과 내가 곧 우주라는 것
                              ─「열 개의 태양」에서

 "몸이 나의 정신과 한 치의 빈틈없이 꼭 들어맞는 곳"은 시가 가닿을 최대치의 꿈이며, 시인이 현실에서 그려 볼 최대한의 이상향이다. 두 개의 이원적 요소들이 함께 공존하는 저 "서늘하고" 동시에 "뜨거운" "감각의 극지"와도 같은 곳은 과연 현실에서 실현이 가능할까? "어둠을 만날 때마다 새벽이 올 때마다 변형되는 이 세계"(「우리가 아는 모든 빛과 색」)에서 항상 기원은 침묵하고 있는 기원이며, 침묵하고 있기에 기원이다. 침묵하고 있는 저 일자의 입술에서 흘러나오는 말은, 발화의 형태가 아니라, 무늬이자, 부조와 같은 것, 그러니까 현실을 변화시키거나 현실의 생태와 생리와 구조를 새로이 빚어내는 것이 아니라, 도드라진 형상처럼 제 빛을 현실의 한가운데서 발산하고 있을 뿐이다. 과연 이 "침묵은 규정될 수 있"으며, 침묵의 목소리는 세계를 가로지르며, 울려 나올 것인가? "침묵지대"는 어떻게 이 세계에 제 흔적을 남길 것이며, 시인은 이 침묵의 지대에서 어떻게 계속해서 시를 궁굴려 낼 것인가?
 그는 침묵이 머금고 있는 것들, 침묵이 기이한 풍경 속

에서 간혹 내 비추는 저 일자의 질서나 그 오묘함과 신비
는 발화의 상태에서는 그대로 휘발되고 말 것이라는 사실
을 알고 있다. 언어의 휘발성과 일회성에 대한 강력한 회의
는 조용미 시에서 일련의 물음의 형식으로 제시되기도 하
였다. 표제작 「나의 다른 이름들」에서 일부를 인용한다.

　　나는 어디까지 나일 수 있을까

　　나는 어떻게 나임을 증명할 수 있으며 어느 순간 나의 다
　른 얼굴을 드러내어서는 안 되는가
　　나는 내가 아닐 수 있는 가능성으로 똘똘 뭉친 이 진실을
　어떻게 실현할 수 있을까

　　한순간 전의 내가 한순간 후의 내가 아님을 부정할 수 있
　는 방법이 있는가

　조용미의 이번 시집에서 자주 등장하는 질문들은, 그러
나 의문에서 비롯된 것, 모르는 것을 모른다고 말하는 어
떤 마음의 상태를 말하는 데 봉사하지 않는다. 시간의 축
에 의해 고정될 수 없는 진실의 허무함을 향해 쏟아 낸, 대
답을 청해 듣지 않아도 좋을 의문들도 아니다. 현현의 순
간을 목도하고자 하는 시인의 책무와 그 순간의 접이에 대
해, 그 과정의 고난을 비유하는 데 헌정되고 있기에, 질문

들은, 질문이 아니라, 감정의 적재나 믿음, 사실이나 사실이라고 생각한 것들의 고지에 가까운 것으로 보인다. 그래서 그가 던진 질문들은 거개가 의사(疑似) 물음의 형태를 취하고 있다고 해야 할지도 모른다. 그의 시는 물음을 필요로 하는 것이 아니라, 물음이라는 형식을 통해 신비와 경이의 순간을 기록할 시의 정언과 사유의 명백성을 찾아 나서는 동시에, 우주적 질서에 대한 탐구, 진리의 현현을 갈구하는 욕망의 소산이기 때문이다. 그는 이 (시적) 질서가 쉽사리 구축될 수 없다는 사실조차 알고 있는 것 같다. 그럼에도 우주의 질서와 모든 의문을, 일시적으로 해소할 수 있는, 그러니까 나의 본질과 관련된, 내 존재 양태와 연관된 어떤 섭리와 이치와 같은 것을 물음의 형식으로 봉헌하는 일은 최소한 시인을 끈덕지게, 한결같이 붙잡고 있던 어느 순간에 대한 조심스런 고백이었을 것이다. 그것은 차라리 시인에게 임무와도 같은 것일지도 모른다. 그의 시에서 미적 시선과 근원에 대한 성찰이, 언어가 밀고 나가는 행보를 항시 한 걸음 앞서고 있는 것도 우연이 아니다. 또한 그의 시에서는 타자가 아닌 타인의 자리가 고즈넉하게 마련되어 있다. "나는 어디까지 나일 수 있을까"와 "나는 왜 시종일관 오로지 나 자신이어야만 하나" 사이에서 "내가 내가 아님을 완벽하게 실현하는 일"은 타자와 타인의 차이를 명확하게 규정하면서, 이 세계에 "정교한 시간 배치가 필요한 일"(「나의 다른 이름들」)로 환원될 뿐이기 때문이다. 타인, 그것은 타자가 아니다. 명백히 자아와 분리된 인간 존재에 대한 인식, 타인이 뿜어내는 감정의 자장에 대한 정확한 인식, 그것과 함께 내가 기울어지고 바로 서는, 그렇게 있던 자리, 그 뿌리, 한 장소로 돌아오는, 돌아 나오는 관성의 주시에서 비롯된 존재가 바로 타인이기 때문이다.

조용미의 시는 언제나 보편적인 시, 보편적이고자 하는 시, 무질서한 이 세계에서, 우주와 조응하는 보편적 유추의 흔적을 묻힌 비밀처럼 찾아내고 감추어진 상징으로 구축하고자 애를 쓰는, 마치 신 앞에서 피조물이 올리는 간절한 기도와도 같은, 명상과 주시의 파장을 구현하려 하는 것과도 같다. 보편적인 시의 미학을 궁리하려 끊임없이 자신을 다그쳤던 자들이 하나씩 자취를 감추고 있는 요즘, 그 무엇에도 자아를 쉽사리 일치시킬 수 없는, 미지와 공포가 삶의 덕목들을 하나씩 지워 내는 이 시대에, 조용미는 잃어 가는 존재의 지위를 회복하고, 존재의 비밀을 감추고 있는 기이한 풍경들을 누구보다 열정적으로, 끈덕지게 주시하였고 그 결과를 단아한 문장들로 우리에게 풀어놓았다. 그는 대상의 지위를, 세계의 비밀을, 기이한 사태를, 우주와의 합일과 질서의 회복을, 자주 자연에 대한 비유로 전환하였지만, 발화의 힘에 기대어 그것을 성취할 수 있다고 믿지는 않는다. 대상의 침묵을 언어로 깨뜨리려 하는 대신, 순간에 주목하는 주시의 진실성과 힘에 신뢰를 보냈기 때문이다. 그는 차라리 침묵하는 지대의 무늬들을 귀로

들을 수 있다고, 그 순간의 솟구침을 시선으로 그려 낼 수 있다고 믿는다. 자아가 한없이 강력해지는 시, 침묵에서 돋아난 묵언의 무늬들에서 대상과 세계와 자연과 우주가 제 위상을 회복할 때, 침묵 주위에 생겨나는 것은 이 모든 것의 아우라이지, 발화의 세계에 붙들리고 조직되어 풀려나는 의미가 아니다. "내가 없는 이상한 문장을 새기"는 일, "내 몸을 뚫고 자라"(「오동」)나는 순간들의 신비를 가득 머금은 저 세계의 무늬들이 현현하는 장면의 투시와 투사에 집중하였다고 해도 좋겠다. 자아는 바로 이 대상과 대상의 아우라, 이 사이에서 자기 고유의 자리를 타진한다. 순간에 매혹되는 시, 그러나 자아는 벌써 그 말의 밖에 거주한다. 마음이 말을 대신하거나 말의 직능을 수행하기 때문이다.

지은이   조용미

1990년 《한길문학》으로 등단했다.
시집 『불안은 영혼을 잠식한다』, 『일만 마리 물고기가
山을 날아오르다』, 『삼베옷을 입은 자화상』,
『나의 별서에 핀 앵두나무는』, 『기억의 행성』과
산문집 『섬에서 보낸 백 년』이 있다.

나의 다른 이름들

1판 1쇄 펴냄 2016년 7월 29일
1판 2쇄 펴냄 2018년 9월 18일

지은이 조용미
발행인 박근섭, 박상준
펴낸곳 ㈜민음사

출판등록 1966. 5.19. (제16-490호)
서울특별시 강남구 도산대로1길 62(신사동)
강남출판문화센터 5층 (06027)
대표전화 515-2000 / 팩시밀리 515-2007
www.minumsa.com

ⓒ 조용미, 2016. Printed in Seoul, Korea

ISBN 978-89-374-0844-1 04810
      978-89-374-0802-1 (세트)

이 시집은 서울문화재단 2016년 문학창작집 발간지원사업의 지원을 받았습니다.

민음의 시
목록